SYLTER KINDERKRIMI

Holli Sandkorns Abenteuer

PELZRAUB IN KEITUM

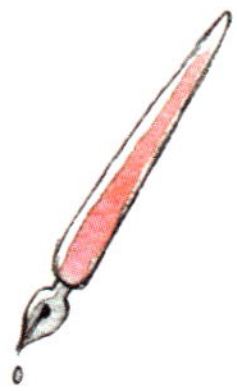

Von Birgit Freyer

Mit Illustrationen von Frauke Weinholz

sylt|kultur
medienverlag

Dieser Sylter Kinderkrimi gehört:

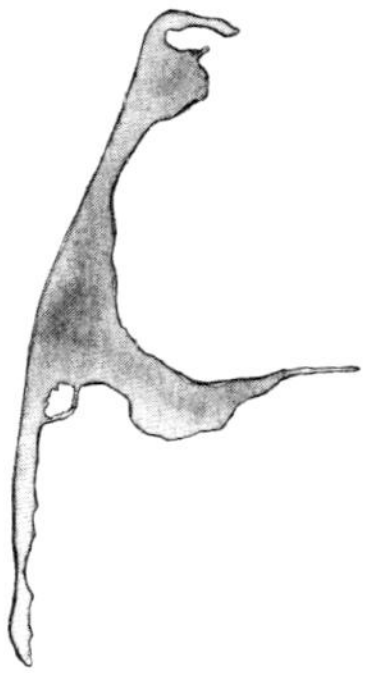

Endlich Ferien!

Es war der letzte Schultag und Hanna Sandkorn fuhr ihre Tochter Horatia-Luise, deren Freund Fin und die dicken Zwillinge von Bäckermeister Fettich, Ole und Pelle, in die Schule. Alle waren besonders rausgeputzt, denn heute gab es Zeugnisse. Horatia-Luise, genannt Holli, rutschte schon nervös auf ihrem Sitz hin und her.

Sie fuhren mit dem Auto durch Keitum, das war für alle der schönste Ort auf Sylt. Man kann überall die schmucken Friesenhäuser mit ihren tiefgezogenen Reetdächern sehen. Auf einer Erhebung am Ortsrand steht Sankt Severin, die Kirche von Keitum. Wenn man das Dorf im Sonnenlicht betrachtet, sieht es richtig märchenhaft aus. Hollis Mutter nannte Keitum immer Schlumpfhausen, wie in dem Comic „Die Schlümpfe“, lustige Figuren, die auch in einem niedlichen Dorf wohnen.

Die Kinder waren ganz aufgedreht, sie freuten sich auf die Ferien. Da Holli mit ihrem Gerutsche nicht aufhörte, sagte ihre Mutter mahnend: „Holli, du zerdrückst dein schönes Kleid. Wir wollen doch heute noch Birte und Fiete vom Bahnhof abholen.“ „Ja, ja“, murmelte Holli, die sich sonst in Hosen sowieso wohler fühlte, „ich bin so aufgeregt. Der Sommer ist da. Ferien mit Tante Birte und Fiete, ich kann es kaum erwarten.“

Tante Birte war eigentlich nicht ihre richtige Tante, sondern die beste Freundin ihrer Mutter Hanna. Bei Hollis Taufe vor neun Jahren wurde Birte ihre Taufpatin, was aber bei ihrer Namensgebung auch nicht geholfen hatte.

Horatia-Luise! Am liebsten würde Holli im Erdboden versinken, wenn sie dazu in der Lage wäre. Da half auch kein lautes Geschrei. Wie konnte ihr Vater, Dr. Wendelin Sandkorn, nur auf die Familientradition Rücksicht nehmen. Sein Onkel, Horatio Senftleben, hatte keine Kinder, sich aber immer welche gewünscht. Wendelin Sandkorn und seine Frau Hanna konn-

ten ihm den Wunsch nicht abschlagen, das Kind nach ihm zu nennen. Da sie aber eine Tochter bekommen hatten, beschlossen sie das Mädchen Horatia-Luise zu nennen. Und diese legte allergrößten Wert darauf „Holli“ gerufen zu werden.

Sie bogen mit ihrem Auto auf den Schulhof ein und sahen, dass Frau Vogler, die Lehrerin, sie schon erwartete. Vögelchen, wie sie von den Kindern genannt wurde, hatte wie immer alles super vorbereitet. Ihre „Spatzen“ fraßen ihr wieder mal aus der Hand. Sie war die beste Lehrerin, die man in diesem Schulalter haben konnte.

Zu ihrer Klasse gehörten auch die dicken Zwillinge von Bäckermeister Fettich, Ole und Pelle. Sie hatten beide rötliches Haar und eine Menge Sommersprossen im Gesicht. Manchmal war es schwer, die beiden auseinander zu halten, da sie ständig gleich angezogen waren – zwei lustige Gesellen, die immer zu Späßen und Streichen aufgelegt waren. In der Klasse waren sie die größten und kräftigsten Kinder. Wenn es jedoch um ein Geheimnis ging, waren sie die falschen. Ole und Pelle konnten schlecht dicht halten, dafür waren sie aber über alles informiert. „Nachrichtendienst von Keitum", so wurden sie genannt. Wollte man etwas herausfinden, brauchte man nur die Zwillinge zu fragen. Die Zentrale der Neuigkeiten war die Bäckerei im Ort. Dort trafen sich alle Bewohner von Keitum und gaben sich die Klinke in die Hand.

Dann war da noch der beste Freund von Holli, Fin Jansen. Mit ihm konnte sie Pferde stehlen, obwohl er manchmal ein „Hasenfuß" war. Die beiden waren unzertrennlich. Der dünne blonde Bengel, dessen Haare immer zu allen Seiten abstanden, hatte das Herz auf dem rechten Fleck. Er fühlte sich als Hollis Beschützer. Doch seine kleine taffe Freundin war auch ohne ihn an ihrer Seite sehr selbständig.

Ihre muntere Art, die Dinge gleich beim Namen zu nennen, machte es schwer sie nicht zu mögen. Äußerlich betrachtet war Holli zwar klein, aber riesig, wenn es darum ging Dinge richtig zu stellen. Dann konnte sie über sich hinauswachsen. Mit ihrem Augenaufschlag, dem charmanten Lächeln und ihrem rabenschwarzem Haar war sie ein süßer Fratz. Nur manchmal ging ihre große Klappe mit ihr durch.

„Wann bekommen wir unsere Zeugnisse, Frau Vogler?“, platzte es aus Holli heraus.

„Langsam, mein Kind!“, sagte die Lehrerin, „Du kannst mir beim Verteilen helfen und wenn jeder sein Zeugnis hat, geht es los in die Ferien!“ Höllischer Jubel brach aus, alle hüpften und grölten in den Feriensommer hinein.

Hollis Zeugnis hätte besser ausfallen könne, aber natürlich – und damit tröstete sie sich – auch wesentlich schlechter. Also war sie auch mit diesem Zeugnis zufrieden.

Holli verabschiedete sich von ihren Freunden und fuhr mit ihrer Mutter in Richtung Bahnhof. Alle Züge hatten dort in Westerland, dem Mittelpunkt und größten Ort der Insel, ihre Endstation.

„Noch fünf Minuten“, sagte Holli und sprang aufgeregt von einem Bein auf das andere. „Glaubst du der Zug ist pünktlich?“, fragte sie ihre Mutter. Hektisch zog sie an ihrem Arm. Endlich kam der Intercity aus Westfalen. Sobald der Zug hielt, war Holli nicht mehr zu bremsen.

„Bestimmt ist Fiete froh, dass er endlich aus seiner Transporttasche darf. Sicher hat er auch Hunger und Durst“, sagte sie.

Fiete war der kleine Dackel von Tante Birte, ohne ihn fuhr sie nicht in den Urlaub.

Endlich konnten Holli und ihre Mutter Tante Birte und ihren Hund entdecken. Der Bahnsteig war in Sekundenschnelle mit Menschen gefüllt.

„Hurra, Hurra“, schrie Holli dazwischen, „da kommen sie aus dem Zug“.

Sie rannte auf die beiden zu. Kaum angekommen gab es ein Herzen und Drücken. Nur die feuchten Patentantenküsse waren gewöhnungsbedürftig. Tante Birte hatte keine Kinder und Holli musste für alle Kinder der Welt ihre Wangen hinhalten. Sie liebte ihre Patentante sehr und natürlich deren Hund Fiete. Der kleine Dackel sprang sofort um Holli herum.

Schnell nahmen sie ihre Gepäckstücke und beluden das Auto.

„Holli, geh bitte mit Fiete nach hinten und schnallt euch an!“, sagte Hollis Mutter.

So zuckelten die vier in Richtung Keitum und schwatzten ununterbrochen während der Fahrt, mit Ausnahme natürlich von Fiete, der hin und wieder aber ein lautes „Wuff“ von sich gab.

Tante Birte und Hollis Mutter kannten sich schon seit der Schulzeit in Westfalen. Beide gingen in dasselbe Internat. Nach der Schulzeit hatte Tante Birte das Modegeschäft ihrer Eltern übernommen und Hollis Mutter war zum Studium nach Hamburg gezogen. In dieser Zeit hatte sie Wendelin Sandkorn kennen gelernt und später auch geheiratet. Hollis Vater war gebürtiger Sylter und als der Anruf kam, eine Stelle als Badearzt sei frei geworden, gab es für ihn kein Zögern. Er und seine Frau verbrachten sowieso schon jede freie Minute auf der Insel. Wo konnte man schöner leben und eine Familie gründen als auf Sylt? Jeden Tag die frische Nordseeluft und die Natur des Wattenmeers vor der Haustür. Es war klar, dass die Praxis in seinem Elternhaus in Keitum sein sollte. Das große weiße Friesenhaus thronte auf einem Hügel direkt am Wattenmeer und hatte viel Platz.

In diesem Haus betrieb Frieda Sandkorn, Hollis Großmutter, eine Ferienpension. Dorthin fuhren die vier jetzt. Tante Birte und Fiete kamen jeden Sommer und bewohnten immer dasselbe Zimmer im Dachausbau des Hauses.

Das Haus der Sandkorns lag jetzt direkt vor ihnen, geheimnisvoll umrahmt von dem kleinen Wäldchen zwischen Keitum und Munkmarsch. Lange Spazierwege und Schnüffelrouten

waren geplant, ganz zu schweigen von Fietes Hundebekanntschaften. Hollis Mutter parkte das Auto vor dem Haus und ließ alle aussteigen. Fiete war nicht mehr zu halten. Der kleine Dackel bellte und jaulte abwechselnd. Er zitterte am ganzen Körper und wollte am liebsten sofort losrennen.

„Langsam“, rief Holli, „wir müssen zuerst auspacken und Oma begrüßen.“

Oma Sandkorn stand schon in der Tür und strahlte über das ganze Gesicht: „Willkommen auf Sylt! Hoffentlich hattet ihr eine angenehme Reise!“

Sie war ganz in ihrem Element. Alles war hergerichtet und die Ferienpension strahlte im Sonnenlicht. Erst einmal gab es zur Stärkung Kaffee und Kuchen, für Holli Kakao und Fiete bekam Leckerlis. Alle saßen auf der Terrasse und schauten auf das wunderschöne Wattenmeer. Den Rest des Nachmittages schlenderte Holli mit Fiete am grünen Kliff von Keitum entlang. Sie vertilgte den restlichen Kuchen auf ihrem Streifzug, schaute nach den Gänsen am Wattenmeer und zeigte ihrem vierbeinigen Freund die Umgebung.

Am Abend kroch Holli zufrieden ins Bett und schaute auf die Muscheln, die sie mit Fiete am Nachmittag gesucht hatte. Es sollten ihre Ferien-Glücksbringer-Muscheln werden. Nun lagen sie auf dem Fensterbrett und spiegelten sich im Mondlicht. In den Ferien erlaubte Tante Birte ihr, dass Fiete in ihrem Zimmer schlief. Das Körbchen stand gleich neben ihrem Bett. Mit einem lauten Gähnen und einem Schnarcher von Fiete drehte sich Holli im Bett um und schlief ein.

Hollis Ferienwunsch

Am anderen Morgen klingelte Hollis Wecker. Was für ein schreckliches Geräusch in den Ferien, aber unvermeidbar für den heutigen Tag! Der erste Ferientag und die Abenteuer konnten beginnen. Beim Frühstück schlang sie hastig ein Marmeladenbrot herunter und kippte den Kakao hinterher. Sie hatte mit Fin gestern alles genau geplant. Der Tag war wolkenlos und sonnig. Sie lief mit Fiete zum Watt und sprang über den Reitweg zum Strand. Fin wartete bereits an der vereinbarten Stelle, aber nicht alleine. Er war in Begleitung seiner kleinen Schwester Tine.

Holli warf ihm einen ungläubigen Blick zu. Er hatte die „Spaßbremse" dabei. Tine war 4 Jahre alt, Typ Bombenleger, aber von der Stofftierarmee, im Schlepptau ihren Bollerwagen und die Förmchenbande. Schon von weitem konnte Holli das schiefe Grinsen ihres Freundes erkennen. Fin war nicht wohl in seiner Haut, musste er doch schon wieder mal auf seine kleine Schwester aufpassen.

„Ich sag's ja", seufzte Holli, „mit der richtigen Ausrüstung fangen wir jeden Fisch."

Heute sollte es eigentlich losgehen. Sie hatte einmal gehört, dass Geheimagenten viele Möglichkeiten hatten, ihre Aufträge zu erfüllen. Das hörte sich so spannend an, dass Holli beschloss mit Fin und Fiete dem Geheimdienst beizutreten, wenn auch nur für die Ferienzeit. Sie war schließlich die Enkelin von Polizeihauptmeister Claas-Hendrik Sandkorn, der besten Spürnase von Keitum. Immer wenn ein Fall gelöst war, sagten die Bewohner des Dorfes „alles Claas-klar“. Als Holli aufgestanden war, schlief Opa Sandkorn leider noch. Er hatte am Vorabend „Gemeinderatssitzung“ mit seinem langjährigen Freund Emil Hansen, dem Lebensmittelhändler von Keitum. Eigentlich wollte Holli ihrem Opa noch ein paar Tipps entlocken, bevor sie zum Geheimdienst ging, aber das musste jetzt bis Mittag warten. Da Fin seine Schwester im Schlepptau hatte, beschloss Holli erst mal eine Lagebesprechung abzuhalten. Sie ließen sich in den Sand fallen, streckten sich gemütlich aus und schauten ganz vergnügt aufs Wasser.

„Was denkst du, Holli?“, fragte Fin, „Was kocht uns deine Großmutter heute Mittag?“

„Das weißt du doch“, antwortet Holli etwas genervt, „Tante Birte wünscht sich immer am ersten Tag Omas Schollenfilet mit Krabben und zum Nachtisch Rote Grütze mit Vanillesoße. Außerdem solltest du es wissen, es ist ja auch dein Lieblingsessen.“

„Ja, ja, ich wollte mich auch nur vergewissern, ob ihr mich nicht vergessen habt“, meinte Fin lässig.

„Du kannst Fragen stellen soviel du willst, es ist wie immer und wir haben dich gerne bei uns“, sagte Holli zu ihm.

Fin strahlte. Er hörte es gerne, wenn seine beste Freundin ihn zu ihrer Familie zählte.

Fins und Tines Vater war leider früh verstorben. Der Junge lebte mit seiner Mutter und seiner Schwester in Keitum in einer kleinen Wohnung. In der Sylter Hauptsaison musste die Mutter viel arbeiten, deshalb verbrachten die Kinder die Ferien bei den Sandkorns. Das große Friesenhaus bot ja jede Menge Platz.

„Allewetter, was freue ich mich auf die Ferienzeit bei euch. Und jetzt gehen wir erst mal in den Garten zu Fiete und Tante Birte, die sonnen sich sicher im Strandkorb. Außerdem hören wir Oma so besser, wenn sie uns zum Essen ruft“, erklärte Fin mit ernster Miene.

Holli musste schmunzeln. Genau in diesem Moment rief Oma Sandkorn auch schon zum Essen. Sie setzten sich an den Tisch und Oma trug das Essen auf. Schnell waren die Teller gefüllt. Schwatzend verlief die Mahlzeit in schönster Stimmung.

„Hab ich das richtig verstanden?“, fragte Opa Sandkorn seine Enkelin, „Ihr wollt zum Geheimdienst?“

Die beiden Kinder nickten.

„Ich schlage vor, wir treffen uns nach dem Essen in meinem Büro, einverstanden?“, sagte Opa Sandkorn. Holli nickte eifrig und sah dabei ihren Freund Fin strahlend an.

Kaum war der letzte Löffel roter Grütze verschwunden, sausten sie schon los. Opa Sandkorns Büro war zur Wattseite ausgerichtet und hatte eine wunderschöne Aussicht. Alle drei schauten auf die Wolken, die eilig über den Himmel zogen.

„Setzt euch mal und dann erzählt von eurem Plan!“, sagte Opa Sandkorn. Entschlossen sah Holli ihren Opa an und seufzte.

„Wir können nicht einfach nur Ferien haben, ohne etwas zu erleben.“

Lange Rede, kurzer Sinn, es musste ein Abenteuer her, so wie es in den berühmten Büchern stand. Ali Baba und die 40 Räuber, Huckleberry Finn, Moby Dick oder Sindbad, der Seefahrer … vollkommen egal was, aber es sollte etwas geschehen. Opa Sandkorn zeigte Verständnis für die Abenteuerlust. Seine Augen schienen in dem Moment zu leuchten. Er war zu allen Ferienschandtaten bereit. Mit besorgter Miene blickte er auf Fiete, den kleinen Dackel:

„Glaubt ihr Fiete ist als Spürhund der Richtige?“

Holli warf ihrem Opa einen schnellen Blick zu. Und ob, dachte sie, er ist genau der Richtige! Entschlossen machte sie einen Schritt auf ihren Opa zu. Was führte er im Schilde? Hatte er vielleicht einen Auftrag für sie und Fin?

Eine geheimnisvolle Flaschenpost

„Diese Flaschenpost ist heute gefunden worden“, sagte Opa Sandkorn plötzlich zu den Kindern und hielt eine schmutzige Flasche mit einem gräulichen Papierinhalt und einem Korken in der Hand. Die Luft zwischen ihnen knisterte vor Spannung. Holli war begeistert. Das hatte sie nicht erwartet. Eine Flaschenpost!

Ehrfürchtig betrachteten beide Kinder die Glasflasche mit dem Zettel in ihrem Bauch. So sah also eine Flaschenpost aus! Vor lauter Aufregung rieb sich Holli ständig die Hände. Fin hüpfte von einem Bein auf das andere und lief dabei im Gesicht rot an.

Dann erklang Hollis Stimme laut und aufgeregt aus dem Hintergrund: „Alarmstufe Rot, der Vogel ist gelandet ... oder wie hieß das noch mal im Film?“

Hektisch bat Holli Opa Sandkorn den Verschluss der Flaschenpost zu öffnen. Es dauerte eine Weile, bis er den Korken aus der Flasche ziehen konnte. Selbst Fiete merkte die plötzliche Spannung und bellte was seine Stimme hergab.

Opa Sandkorn zog den zusammengerollten Zettel aus der Flasche. Die Flasche war milchig und etwas verschlammt. Kein Wunder, sie war ja auch auf der Wattseite gefunden worden. Holli war erstaunt, dass ihr Opa so gar keine Ahnung haben sollte. Ihr erster Gedanke war, dass er ihnen eine Komödie vor-

spielte und sie zum Narren hielt. Holli hatte sich ja in diesen Ferien ein Abenteuer gewünscht, eine Agentengeschichte oder so etwas Ähnliches. Sie konnte erst gar nicht so recht glauben, dass ihr Opa genauso erstaunt war wie sie.

Langsam entrollte Opa Sandkorn nun das Papier, was sehr mühsam war, da die Feuchtigkeit dem Flascheninhalt ziemlich zugesetzt hatte. Der Zettel war ganz grau und lang, er lag klamm seinen Händen.

Zappelnd stand Holli vor ihm und fragte aufgeregt: „Was steht drauf? Nun lies‘ schon vor oder ist nichts mehr zu erkennen?“

Als Opa Sandkorn anfing vorzulesen, was auf dem moderigen Papier stand, veränderte sich seine Stimme. Sie klang irgendwie dumpf und dunkel. Und dann waren es auch noch ganz geheimnisvolle Worte: „Die Mieze ist geliefert, stopp …“

Fin und Holli lief ein Schauer über den Rücken. Nun jaulte auch noch Fiete und zog dabei den Schwanz ein.

In diesem Moment klingelte es an der Haustür. Die Kinder dachten, ihnen bliebe das Herz stehen. Opa Sandkorn ging zur Haustür und öffnete. Vor ihm stand Mercedes Elend, die nette Kommissarin aus Kiel. Sie kam schon viele Jahre auf die Insel und war Stammgast in der Pension Sandkorn.

Opa Sandkorn trat zur Seite und ließ Mercedes Elend eintreten. Die beiden kannten sich von der Polizeischule, nur dass die „Gute“ es bis zur Kommissarin gebracht hatte, störte ihn etwas, obwohl er Respekt vor ihr hatte.

„Grüß dich Claas, mein Lieber, wie geht es euch? Schön wieder hier zu sein!“

Schnell nahm er ihr das Gepäck ab, um dann – ganz Gentleman – mit ihr davon zu rauschen.

„Ab jetzt sind wir auf uns gestellt, Fin“, resümierte Holli etwas traurig, „das mit der Flaschenpost ist erst einmal auf Eis gelegt. Bevor Frau Elend ihren Wortschwall nicht losgeworden ist, passiert erst mal gar nichts. Hast du verstanden, was auf dem Zettel stand? Welche Mieze? Und wieso geliefert?“

Holli wartete seine Antwort gar nicht ab. Sie schlug vor, die dicken Zwillinge Ole und Pelle zu besuchen. Bevor sie sich jedoch in Bewegung setzen konnten, rief Opa Sandkorn ihnen noch schnell zu: „Heute um 18.00 Uhr in meinem Büro.“ Holli und Fin waren sehr erleichtert, hatte er sie doch nicht vergessen. Sie hüpften vergnügt von dannen.

Als sie im Ortskern von Keitum ankamen, erspähten sie die Zwillinge schon von weitem. Man hatte sie zur Gartenarbeit verdonnert. In ihren alten Latzhosen mit karierten Hemden konnten sie mit jeder Vogelscheuche ins Rennen gehen. In ihren Gesichtern konnte man die Erschöpfung nach der körperlichen Anstrengung deutlich sehen. Ihre Wangen glühten und zeigten ein intensives Rot. Dabei rann beiden Zwillingen der Schweiß von der Stirn. Gartenarbeit war nicht gerade ihre Stärke. Sicher hatten sie einem ihrer berüchtigten Spezialstreiche diesen Einsatz zu verdanken.

Als Holli mit Fin um die Ecke bog, schaute Herr Fettich gerade aus seiner Backstube. Er sagte zu Ole und Pelle, „Wascht euch und bringt die Gartengeräte wieder an Ort und Stelle! Danach könnt ihr mit euren Freunden in die Backstube kommen. Zur Stärkung gibt es Kakao und Friesenschleife."

Das war mal ein Angebot! Die Friesenschleifen von Bäckermeister Fettich waren die besten in Keitum, luftig gebacken und mit Pflaumenmus gefüllt. Einfach herrlich! Die Zwillinge verstauten die Gartengeräte schnell und saßen anschließend kauend in der Stube.

Holli machte sich gerade im Stillen Gedanken über die Flaschenpost, als Fin auch schon alles raus posaunte. Da half auch nicht der Tritt unter dem Tisch, der den Jungen zwar gezielt traf, aber trotz allem zu spät kam. Jetzt musste sie Farbe bekennen, ob sie wollte oder nicht. Fin sah aus wie ein verunglücktes Passfoto. Die Grimasse, die er zog, konnte nicht mehr schöner werden. Manchmal standen Ole und Pelle ja auf der langen Leitung, aber in diesem Fall hatte Holli den Eindruck, sie nahmen den Schnellzug. Vor lauter Neugierde rutschten die Zwillinge auf ihren Plätzen hin und her und brachten damit die ganze Bank zum schaukeln.

Holli versuchte ganz ruhig auszusehen, so wie sie es im Fernsehen gesehen hatte. Sie bat um Verständnis und erklärte förmlich, nicht mehr sagen zu können als unbedingt nötig, da der Inhalt der Flasche noch ungeklärt sei. Zum Sachverhalt sei nichts Genaues zu sagen. Mit dieser Aussage machte sich die Enkelin von Polizeihauptmeister Sandkorn leider keine Freunde. Nur weil ihr Opa Chef der hiesigen Polizei war, brauche sie doch nicht so geschraubt daherzureden. Die Zwillinge klangen beleidigt.

Angestrengt und hitzig redeten beide auf sie ein. Holli bekam ganz heiße Ohren.

„So war das doch nicht gemeint“, verteidigte sich das Mädchen kleinlaut, „ich weiß wirklich nicht mehr. Das kann euch Fin bestätigen.“

„Ja“, beeilte sich Fin. Es machte ihm schwer zu schaffen, seine beste Freundin in diese Situation gebracht zu haben. „Herr Sandkorn will uns heute Abend in seinem Büro treffen. Dort wird er uns den Inhalt des Zettels vorlesen. Mehr gibt es nicht zu berichten.“

Dankbar nahm Holli die Fürsprache ihres Freundes zur Kenntnis. Langsam beruhigten sich die Gemüter und die Zwillinge schauten schon wieder friedlich drein, besonders als Holli ihnen ein Angebot machte. Sie teilte ihnen mit, in diesem Sommer mit Fin in den Geheimdienst eintreten zu wollen, um einen spannenden Fall zu lösen. Vielleicht würden Hilfsagenten benötigt. Sie schlug den beiden Jungen vor, sich ihrem Geheimdienst anzuschließen.

„Tatkräftige Männer kann man immer brauchen“, sagte sie zu ihnen.

Die Zwillinge fühlten sich geschmeichelt und willigten mit Begeisterung ein. Als Holli einen Blick auf ihre kleine rote Armbanduhr warf, mahnte sie Fin zum Aufbruch. Sie wollten mit Fiete vor dem Abendbrot noch eine „Schnüffelrunde“ am Watt laufen. Außerdem hatten sie um 18.00 Uhr noch einen wichtigen Termin mit Opa Sandkorn in dessen Büro.

Sie verabredeten mit den Jungen in Kontakt zu bleiben und traten den Heimweg an. Über dem grünen Kliff von Keitum zog sich langsam die Sonne zurück. Es sah einfach wunderschön aus wie die letzten Strahlen das im Wind wiegende Schilf fast orange färbten.

Das Abendbrot im Hause Sandkorn stand schon bereit. Alle saßen auf ihren Plätzen, auch Mercedes Elend, denn auch sie gehörte fast zur Familie. Schnell wuschen Holli und Fin sich die Hände und langten anschließend beim Essen tüchtig zu. Die frische Luft machte sie hungrig und in der großen Runde schmeckte es besonders gut. Nachdem sie sich die Brotkrumen vom Mund abgewischt hatten, traf ihr Blick auf Opa Sandkorn. Die Spannung war kaum auszuhalten. Endlich gab er den Kindern ein Zeichen. Schon sprangen die beiden fröhlich in Richtung Büro. Holli zog sich schnell den Schemel herbei. Opa Sandkorn saß an seinem Schreibtisch und Fin setzte sich auf das Sofa. Dann sprang er runter und wieder rauf.

„Was soll das?“, fragte Holli ihn stirnrunzelnd.

„Ich denke, also springe ich“, er grinste seine Freundin an, „das soll helfen, ich meine, beim Denken.“

„Papperlapapp“, brummte sie, „es gibt noch nichts zu denken, oder weißt du etwa schon, was auf dem Zettel steht?“

„Noch nicht, aber gleich“, erwiderte er keck.

„Nun Kinder, es geht los!“, meldete sich Opa Sandkorn zu Wort, „Gleich haben wir es. Ich muss den Zettel nur ganz sorgfältig auseinander falten, ohne ihn zu beschädigen.“ Die Spannung stieg. Einen Moment war es ganz still, dann begann Opa Sandkorn zu lesen:

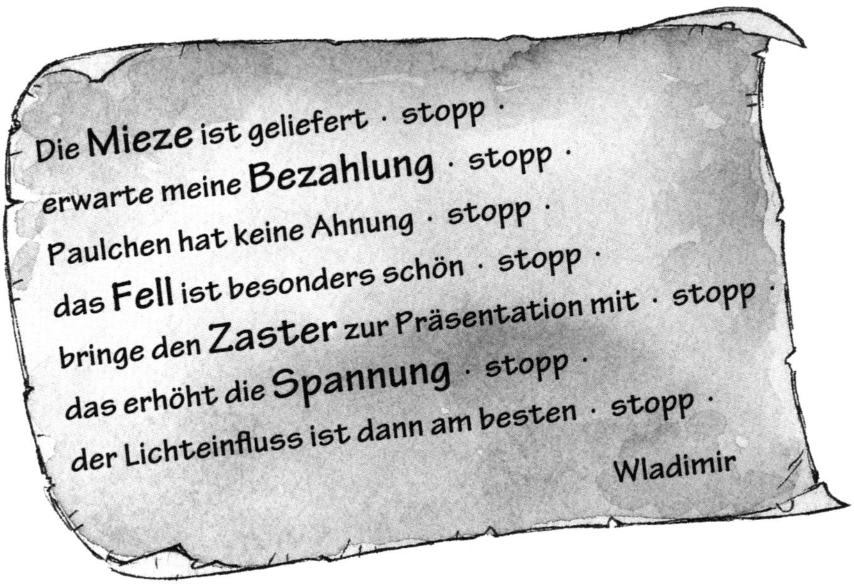

Es war mucksmäuschenstill im Raum. Man hätte eine Stecknadel fallen hören können. Holli rutschte langsam von ihrem Sitzplatz. Sie hatte dort lange genug ruhig gesessen und zugehört.

„Was hat das zu bedeuten?", fragte sie Opa Sandkorn und beobachtete ihn aus den Augenwinkeln.

Ihr Opa zuckte die Schultern, dann stellte er sich ganz gerade hin: „Nun, wir müssen den Inhalt des Zettels meiner Meinung nach genau durchgehen

1. Wer ist Wladimir?
2. Welche Mieze wird geliefert?
3. Warum hat Paulchen keine Ahnung?
4. Welches Fell ist besonders schön?
5. Wer bezahlt wen, wenn welche Präsentation läuft, mit Zaster?
6. Und was hat es mit der Spannung und dem Lichteinfluss auf sich?

D. h. also die Frage ist, welches Ereignis oder welche Veranstaltung dieser Wladimir mit diesem Text beschreibt, oder?"

Soweit konnte Holli ihrem Opa folgen. Sie musste ihm ohne nachzudenken in allem Recht geben.

Plötzlich meldete sich Fin zu Wort. Er sprang von seinem Sofa und sagte mit ernster Miene: „Das ist doch ganz einfach, wir haben Ferien und in den Ferien gibt es auf Sylt ein Ferienprogramm. Darin sind alle interessanten Veranstaltungen aufgeführt“ Seine Stimme hatte dabei einen lauten Klang, so aufgeregt war er. „Wir müssen die einzelnen Veranstaltungen in dem Programmheft durchgehen. Vielleicht findet irgendwo etwas statt, das zu diesen geheimnisvollen Zeilen passt.“

Holli sah ihren Freund entgeistert an. Dann musste sie zugeben, dass Fins Vorschlag Hand und Fuß hatte. Manchmal war der lange Kerl erstaunlich auf Zack und sie war froh, dass er ihr bester Freund war. Sie verabredeten, am anderen Tag zur Kurverwaltung zu gehen, um ein aktuelles Programmheft zu holen.

Ein neuer Gast in der Villa Sandkorn

Sie saßen alle in fröhlicher Runde, Birte mit Fiete, Mercedes Elend, die Kinder und Oma und Opa Sandkorn, als es an der Haustür klingelte. Oma Sandkorns letzter Pensionsgast war eingetroffen, Felix von Herrenstein. Er hatte ein wunderbares Lächeln und blaue verschmitzte Augen, die schwarzen Haare trug er recht kurz. Dabei konnte man allerdings nicht wirklich von einer Frisur sprechen, denn die Haare standen in alle Richtungen vom Kopf ab. Mit seiner großen Statur, er war bestimmt 1,90 m groß, und dem geschulterten Seesack sah er aus wie der nette Junge von nebenan. Oma Sandkorn war sofort begeistert. Sie ließ ihn mit einem „Willkommen auf Sylt!“ eintreten.

„Liebe Frau Sandkorn, ich muss mich für die späte Anreise entschuldigen“, entgegnete er freundlich und etwas zerknirscht, „ich hatte eine Reifenpanne und der Akku von meinem Handy war leider am Ende.“

„Ach so“, meinte Oma Sandkorn, „ich habe mir schon Sorgen gemacht, aber nun sind Sie ja da.“ Mit einem Blick zum Parkplatz sagte sie zu Felix von Herrenstein: „Ihren Sportwagen haben Sie jedenfalls richtig geparkt, er macht sich ganz schneidig vor unserem Haus.“

„Nun ja gnädige Frau, ich liebe es standesgemäß zu reisen und wie ich bemerke, mögen auch Sie schöne Autos, genau wie ich.“ Oma Sandkorn sah ihn leicht irritiert an. Mit dieser hochnäsigen Antwort hatte sie nicht gerechnet, machte er doch sonst einen netten Eindruck.

Plötzlich zog eine dicke schwarze Wolkendecke über das Haus. Wie schnell sich doch das Wetter an der Nordsee verändern kann. War das die Ruhe vor dem Sturm? Der Eindruck entstand, denn ganz plötzlich erfasste eine heftige Windböe die Tischdecke. Sie flatterte heftig und mit einem Schlag waren die Kerzen gelöscht. Schnell wurden die Kissen zusammengerafft und alles in Sicherheit gebracht. Als die ersten Regentropfen fielen, hatte sich die lustige Runde bereits im Wintergarten eingefunden. Auch Felix von Herrenstein gesellte sich dazu.

Mit Ausnahme von Tine, Fins kleiner Schwester, waren alle noch putzmunter. Tine stattdessen war im Reich des Sandmännchens und lag ganz friedlich in ihrem Bett. Im Wintergarten tranken die Erwachsenen noch einen Wein und die Kinder Apfelschorle. Fiete, der kleine Dackel, lag zu ihren Füßen und träumte grunzend vor sich hin.

Mercedes Elend, die Kommissarin aus Kiel, unterhielt sich derweil angeregt mit Felix von Herrenstein. Sein jungenhafter Charme und seine lustigen Bemerkungen ließen sie immer wieder laut auflachen.

„Meine Güte“, sagte sie unter Lachtränen zu ihm, „meine Bauchmuskeln werden gehörig trainiert, da kann ich mir meinen Morgensport sparen.“

„Liebe Frau Elend, bei Ihrer Figur dürfen Sie getrost aussetzen“, antwortete Felix von Herrenstein galant.

Gleich nachdem der Satz gefallen war, sahen Holli und Fin sich an und verdrehten die Augen.

„Richtige Schmalztype“, flüstert Holli ihrem Freund zu, „passt zu seinem vornehmen Namen. Wird Zeit, dass wir verschwinden, sonst rutschen wir noch im Schmalz aus.“

Sie nahmen Fiete auf den Arm, sagten allen eine gute Nacht und stiegen die Treppe nach oben zu ihren Zimmern. An ihrer Zimmertür drehte Holli sich zu Fin um und sagte feierlich: „Morgen treten wir in den Geheimdienst ein! Als erstes gehen wir zur Kurverwaltung und besorgen das aktuelle Ferienprogramm, Mister Fin. Diesen Auftrag werden wir unmittelbar nach dem Frühstück ausführen. Ich wünsche eine angenehme Nacht.“ Holli machte eine Verbeugung und ging dann kichernd in ihr Zimmer.

Am anderen Morgen war Holli früh auf den Beinen. Nur mit einer Katzenwäsche frisch gemacht und Fiete im Schlepptau, hüpfte sie fröhlich zu Fin und Tine ins Zimmer. Der Dackel sprang mit einem Satz an Fins Bett hoch und schleckte ihm über das Gesicht. Sofort öffnete der Junge die Augen. „Moin“, sagte Fin, noch ganz verschlafen, „bin gleich fertig, nur schnell waschen und anziehen. Tine, beeil dich", ermahnte er seine Schwester, „ich will nicht zu spät zum Dienst kommen".

Ein süßlicher Duft zog durch das Haus, als die Kinder die Treppe runtergingen. Oma Sandkorn war schon fleißig und kochte gerade ihre berühmte Erdbeermarmelade. Der Frühstückstisch war auch schon gedeckt.

„Holli", rief Oma Sandkorn aus der Küche, „bitte holt euch den Kakao selbst, ich stecke gerade in der Marmelade."

In dem Moment schaute Felix von Herrenstein in seiner Joggingkleidung durch die Terrassentür.

„Oh, wie das duftet", sagte er, „selbstgemachte Erdbeermarmelade; einfach unschlagbar. Das letzte Mal bekam ich so eine Marmelade bei meiner Mutter."

Oma Sandkorn drehte sich zu ihm um, dabei konnte man ihre Küchenschürze von vorne sehen. Die ehemals weiße Schürze sah aus wie ein Erdbeerfeld – überall vollgekleckst. Sie war schon fast ein Kunstwerk.

„Ich kenne das Rezept Ihrer Mutter nicht", meinte sie, „meines ist jedenfalls geheim. Aber ich fühle mich geschmeichelt, junger Mann."

„Nun Frau Sandkorn, es liegt jedenfalls ein Hauch Vanille und Orange in der Luft."

Oma Sandkorn war verblüfft. „Eine gute Nase haben Sie jedenfalls", meinte sie und rührte dabei ihre Marmelade weiter.

Felix von Herrenstein lachte: „Die Königin der Beeren leuchtet, lockt und lacht uns an. Sie ist zum Reinbeißen schön mit

Wohlgeschmack. Wer sie kennen lernt, liebt sie ein Leben lang."

Oma Sandkorn blickte erstaunt. Dann sagte sie: „In Ihnen schlummert ja ein Dichter, mein Lieber. Aber nun stehen sie hier nicht rum, marsch unter die Dusche und dann kommen Sie frühstücken!"

Der Sylter Veranstaltungskalender

Am frühen Morgen schon wieder solche schmalzigen Worte, das konnten Holli und Fin nur schwer ertragen. Sie stürzten ihr Frühstück runter und sausten mit Fiete zum Watt. Tine blieb in der Zwischenzeit glücklicherweise freiwillig bei Oma Sandkorn.

Der Frühnebel hatte sich verzogen, so dass die Sonne ihre ganze Kraft entfalten konnte. Die Kinder spazierten über den Reitweg zum Wattenmeer. Die See lag ganz ruhig vor ihnen, nur ein paar Möwen waren zu hören. Holli machte Fin ein Zeichen, als Fiete mit seiner Runde fertig war. Dann liefen sie gemeinsam am Watt entlang zur Kurverwaltung von Keitum. Sie waren früh dran. Gerade erst öffnete Herr Nissen die Tür des Gebäudes.

„Moin Kinder", grüßte er, „so früh schon unterwegs?"

„Moin Herr Nissen, wir wollen zu Ihnen."

„Nun", antwortete er freundlich, „dann kommt mal herein und erzählt mir, was ihr auf dem Herzen habt."

Holli wippte von einem Bein auf das andere. Das mit der Flaschenpost traute sie sich nicht zu erzählen und das mit dem Geheimdienst schon gar nicht. Wenn der gute Herr Nissen auch ein ganz lieber Mensch war, aber am frühen Morgen verkohlt zu werden – so würde er sich vorkommen, wenn er von dem wahren Hintergrund erfuhr – fand er sicher nicht spaßig. Deshalb beschloss Holli ganz diplomatisch um fünf Exemplare des Ferienprogramms zu bitten, mit dem Hinweis, dass Oma Sandkorn sie in ihrer Ferienpension auslegen wollte.

„Gute Idee“, meinte Herr Nissen und händigte den Kindern die Programme mit einem lieben Gruß an die Oma aus.

Holli und Fin strahlten um die Wette. Der erste Schritt war getan. Sie beschlossen Zuhause im Garten das Ferienprogramm genauestens zu lesen und nach einer Veranstaltung mit großer Beleuchtung Ausschau zu halten. Daheim angekommen legten sie drei Hefte in den Aufenthaltsraum für die Gäste und zwei nahmen sie mit in den Garten, nicht ohne vorher zwei Gläser Limonade aus der Küche zu holen.

„So ein Geheimdienst macht sehr durstig“, erklärte Holli ernst und schlug dabei ihr Ferienprogramm auf. Fin tat es ihr gleich und die Kinder vertieften sich in das Heft.

„Eierlaufen auf der Wiese am Keitumer Pastorat“, lasen sie. Das kam nicht in Frage.

„Dorfführung durch Keitum“, ebenfalls nicht. Die Glasbläserei am Bahnhof hatte Tag der offenen Tür und die Kunstausstellung in der Süderstraße war ja gut und schön, aber das war alles nicht das, was sie suchten.

Auf einmal stutzte Holli und las laut vor: „Exklusive Pelzmodenschau von Jan Pauli mit Schmuck- und Juwelenschau von Barbara Buschmann in Keitum. Die Modenschau fängt um 20.00 Uhr an und findet auf dem Vorplatz der Geschäftsräume von Frau Buschmann statt. Damit die exklusiven Pelze und Juwelen gut zur Geltung kommen, wird eine besonders aufwändige Lichtanlage gebaut . . ."

„Das ist es!", krächzte Holli leise. Vor lauter Aufregung konnte sie gar nicht mehr richtig sprechen, „Licht und Fell – eine Pelzmodenschau!"

Fin sah seine Freundin nachdenklich an, überlegte kurz und meinte dann vorsichtig: „Was macht dich so sicher, dass es sich um die Modenschau von Jan Pauli handelt?"

„Ich bin mir nicht sicher", antwortete Holli, schon wieder mit ganz normaler Stimme, „es ist eher so ein Gefühl."

„Da haben wir den Salat! Frauen und ihr Bauchgefühl, du spinnst doch. Wo ist denn in dieser Modenschau die Mieze versteckt?", grummelte er weiter.

Manchmal konnte Horatia-Luise Sandkorn sehr dickköpfig sein, das kannte er und musste nun erst einmal eine Kurzschlussreaktion verhindern. Fin wusste genau, dass seine beste Freundin diesen Fall unbedingt lösen wollte. Aber in diesem Moment reagierte sie für seinen Geschmack etwas vorschnell. Holli schob das Ferienprogramm weg und ging in die Küche. Dort kramte sie Papier und Kugelschreiber aus der Schublade.

Eine Geheimdienstausrüstung wird benötigt

„Was machst du da?“, fragte Fin seine Freundin und trank die Limonade aus.

„Ich mache einen Plan. Wir müssen genau überlegen und dürfen nichts vergessen. Es gibt viel zu tun, packen wir es an. Zuerst müssen wir uns auf jeden Fall eine richtige Ausrüstung besorgen.“

„Zum Beispiel eine kleine Überwachungskamera“, sagte Fin, „eine Taschenlampe oder noch besser einen Peilsender.“

„Woher weißt du das eigentlich alles, das mit dem Peilsender, den Überwachungskameras und dem ganzen Kram?“, wollte Holli von ihm wissen.

„Weil ich alle James Bond-Filme kenne, darum weiß ich alles über den Geheimdienst. Bäckermeister Fettich hat eine James Bond-Sammlung. Ich habe mir mit Ole und Pelle alle Filme heimlich angeschaut. Als richtige Agenten hätten wir natürlich noch ganz andere Möglichkeiten, man könnte den Dieb auch aus der Luft verfolgen, mit Hubschrauber, Radar oder so“, fügte er hinzu.

Holli ließ sich in ihren Sessel zurücksinken und starrte aus dem Fenster. Von James Bond-Filmen hatte sie gar keine Ahnung, aber Fin hatte sie mit seinem Wissen schwer beeindruckt. Plötzlich war sie sehr stolz seine Freundin zu sein.

Nachdenklich griff sie schließlich zum Papier und schrieb auf:

1. Taschenlampen besorgen
2. Handys checken und aufladen
3. Überwachungskamera (Tante Birte)

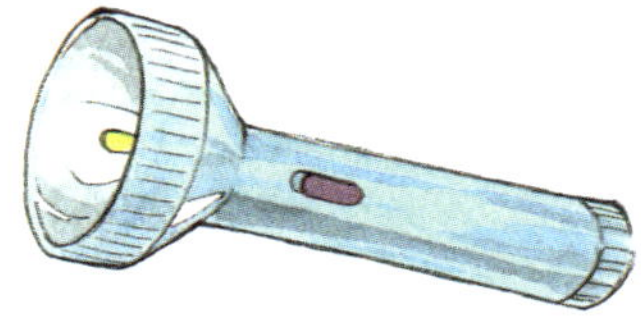

Sie schaute von ihrem Zettel auf und sagte zu Fin: „Tante Birte hat eine kleine Kamera dabei, mit der macht sie immer ihre Urlaubsfilme von der Insel. Ich werde sie fragen, ob wir sie uns leihen können."

Nachdem sie festgestellt hatten, was noch zu einer guten Geheimdienstausrüstung gehörte, machten die Kinder sich daran, die Dinge zusammenzutragen. Als erstes musste Holli mit Tante Birte wegen ihrer Kamera sprechen. Hoffentlich erlaubte sie ihrem Patenkind den Gebrauch. Fin bekam den Auftrag, sich um die restlichen Geheimwaffen zu kümmern, nicht ohne den Hinweis, sich so unauffällig wie möglich zu benehmen. Etwas beleidigt trabte er los. Seine Freundin konnte manchmal ziemlich direkt sein.

Als Fin aus dem Wintergarten trat, stieß er auf Felix von Herrenstein, der einen etwas abgehetzten Eindruck machte. Grußlos ging er an dem Jungen vorbei und stieß fast das kleine Tischchen im Flur des Hauses um. Seltsam, dachte Fin, Felix von Herrenstein war doch sonst immer so lustig und redselig. Na ja, vielleicht hatte er eine schlechte Nachricht bekommen oder einfach einen schlechten Tag. Fin hatte keine Zeit mehr, sich darum weitere Gedanken zu machen. Er musste erst einmal die Geheimwaffen zusammen bekommen. Eilig lief er davon.

Felix von Herrenstein durchquerte mit Riesenschritten den Hausflur und begab sich in sein Zimmer. Er plumpste förmlich auf die Bettkante und verschnaufte eine Weile. Dann straffte er die Schultern und ein Grinsen machte sich auf seinem Gesicht breit. Plötzlich lachte er laut vor sich hin, das Gespräch vom Morgen ging ihm noch einmal durch den Kopf:

Er hatte schon eine Weile am Frühstückstisch gesessen, als Opa Sandkorn an seinen Tisch trat, ihm einen guten Morgen wünschte und einen schönen Tag. Felix von Herrenstein hatte eine einladende Bewegung gemacht und gefragt, ob er sich nicht auf eine Tasse Kaffee zu ihm setzen wolle. Opa Sandkorn hatte diese Aufforderung nur zu gern angenommen. Er liebte es, sich mit jungen Leuten zu unterhalten. Es würde ihn fit halten, scherzte er gerne.

„Nun, Herr von Herrenstein, wie gefällt es Ihnen auf Sylt?“, fragte er ihn und lehnte sich entspannt in seinen Stuhl.

„Lieber Herr Sandkorn, nennen Sie mich bitte Felix. Herr von Herrenstein klingt so förmlich.“

„Es ist mir eine Freude, junger Mann, was haben Sie denn heute Schönes geplant? Sie müssen unbedingt den Ellenbogen bei List kennen lernen.“

In diesem Augenblick war Holli aus dem Wintergarten gekommen, mit einem fröhlichen „guten Morgen“ hatte sie die beiden begrüßt und sich dann sofort an ihren Großvater gewandt: „Ich muss dich dringend sprechen, in einer beruflichen Angelegenheit.“

„Mein liebes Kind, ich bin noch nicht im Dienst. Du weißt, ich habe heute Spätschicht, also was gibt es?“

„Du weißt doch, dass der Geheimdienst auf dich wartet. Sie können den Fall nur mit deiner Hilfe lösen“, hatte sie ihrem Opa ins Ohr geflüstert, aber für die Ohren von Felix von Herrenstein eben nicht leise genug. Hören konnte er nun einmal extrem gut. Bei Hollis Worten war er total erschrocken.

In diesem Moment klingelte sein Handy. Felix von Herrenstein zog es aus seiner Hosentasche und entschuldigte sich. Mit raschen Schritten ging er zum Garten hinaus, nahm das Gespräch an und machte ein seltsames Gesicht. Nach einigen Minuten kam er wieder herein, trat zu Opa Sandkorn, entschuldigte sich abermals, diesmal mit den Worten, er müsse dringend etwas Geschäftliches regeln. Man würde sich ja später wieder sehen.

Holli und ihr Großvater schauten ihm nach. Dann sagte Opa Sandkorn: „Die jungen Leute, immer in Eile! Nun zu dir junge Dame, wobei soll ich euch helfen?“

„Ich habe mit Fin eine Liste erstellt, für unsere geheime Mission. Wir müssen doch eine gute Ausrüstung haben“, sagte sie.

„Dann lass mal hören“, antwortete er und legte dabei seinen Arm um ihre Schultern. Das ließ Holli sich nicht zweimal sagen, sie las ihrem Opa die ganze Liste vor und bekam vor Aufregung ganz rote Wangen.

In der Zwischenzeit hatte Felix von Herrenstein sich umgezogen, blauer Blazer, beige Hose, weißes Hemd, das ihm am Kragen lässig aufstand, und braune Schuhe. Er sah richtig schnieke aus und als er die Treppe herunterkam, hörte er das ganze Gespräch zwischen Großvater und Enkelin mit. Er musste schmunzeln, als er wieder an den „Geheimdienst" dachte.

Als er vor einen halben Stunde den Wintergarten etwas überstürzt verlassen hatte, bemerkte er, dass sein Zimmerschlüssel auf der Kommode in Flur lag. Er hatte ihn dort vergessen, also ging er zurück und hörte, wie Holli gerade vom „Geheimdienst" sprach. Er hatte zuerst gedacht, es würde sich wirklich um den Geheimdienst handeln, schließlich war Herr Sandkorn ja bei der hiesigen Polizei beschäftigt. „Es geht ja nur um ein Ferienabenteuer der Kinder", stellte er erleichtert fest.

Schnell nahm er seine Schlüssel auf, stieß fast den Tisch um und rannte in sein Zimmer. Fin, der ihm dabei entgegen kam, nahm er gar nicht zur Kenntnis.

Er lächelte vor sich hin, summte ein Lied, kam wieder die Treppe herunter, schritt zur Haustür und stieg in seinen Sportwagen. Dann startete er den Motor und fuhr flott nach Keitum.

Wladimir taucht auf

In der „Kleinen Teestube“ am Ortseingang, Ecke Westerhörn und Gurtstig, wartete bereits sein alter Freund Walter Mir auf ihn. Sie hatten sich am Telefon verabredet. Felix von Herrenstein parkte sein Auto und stieg elegant aus dem Wagen. In der Nähe standen ein paar Damen, sie reckten sogar die Hälse nach ihm.

Als er die Stube betrat, saß sein Freund Walter bereits an dem Ecktisch. Felix ging zu ihm und sagte: „Hallo Walter, alles klar?“ Der nickte nur mit dem Kopf. Er war etwas kleiner als Felix von Herrenstein, hatte braunes, etwas schütteres Haar, sowie braune Augen, die verschlagen hinter einer Nickelbrille steckten. Mit finsterem Blick teilte er Felix von Herrenstein mit, dass der Wagen noch nicht fertig sei.

„Mach dich nicht verrückt“, sagte dieser zu ihm, „wir haben jede Menge Zeit. Denk daran, wir sind im Urlaub auf der Insel Sylt, der Königin der Nordsee. Jetzt trinken wir erst mal leckeren Friesentee und spazieren dann zum Juweliergeschäft von Frau Buschmann. Das ist gleich hier um die Ecke.“

Nachdem sie bezahlt hatten, machten sie sich auf den kurzen Weg. Die Ladenglocke bimmelte, als sie das Geschäft betraten. Sofort kam ihnen Frau Buschmann freundlich entgegen. Als sie auf die beiden Herren zuging, spiegelte sich gerade eine große Wolke im Fensterglas. Sie schauderte etwas, weil die Sonne plötzlich weg war. Hoffentlich hielt sich das Wetter, immerhin hatte sie in sechs Tagen die große Schmuck- und Modenschau mit Jan Pauli. Sie war sehr stolz, dass ihr Geschäft den Zuschlag bekommen hatte, gemeinsam mit dem großen Pelzmodenschöpfer eine Modenschau zu veranstalten.

„Wir würden gern zwei Eintrittskarten kaufen“, sagte Walter Mir freundlich.

Barbara Buschmann freute sich. Mit den beiden hatte sie heute schon zwanzig Karten verkauft. Wenn das so weiterging, war sie am Ende noch ausverkauft.

„Hoffentlich bleibt das Wetter schön. Ich wünsche mir für unsere große Veranstaltung eine lauschige Sommernacht, bei der auch die Luxusbeleuchtung besonders zu genießen ist. Der Lichteinfluß lässt die Pelze und Schmuckstücke besonders schön leuchten“, klärte sie die Männer auf. Diese nahmen noch ein Programmheft mit und verließen anschließend das Geschäft. Sie bestiegen den Sportwagen und fuhren nach Munkmarsch.

Felix von Herrenstein und Walter Mir fuhren weiter auf das Hafengelände. Sie wollten ein Motorboot für die Urlaubszeit mieten. Als sie zum Büro der Bootsvermietung kamen, hing ein Zettel an der Tür, „Bin gleich wieder da!“

Sie versuchten die Mobilnummer des Mannes der Bootsvermietung anzurufen, aber ohne Erfolg.

„Das ist nicht schlimm, wir probieren es einfach später noch einmal“, sagte Walter Mir. „Komm, lass uns im „Fährhaus“ etwas essen, ich habe einen Bärenhunger.“

„Gute Idee, aber ich bin eingeladen!“ Felix von Herrenstein lächelte verschmitzt.

Die Männer gingen zur Terrasse des „Fährhauses“ hinauf. Von hier hatte man einen ganz besonders schönen Blick auf den Hafen und das grüne Kliff von Keitum.

Dort zog Holli gerade eine Angelschnur aus ihrer Hosentasche und stellte zehn leere Blechdosen auf den Gartentisch. Sie war mit Fin auf die Terrasse gegangen, um den Plan für ihren Geheimauftrag durchzugehen.

„Was willst du denn mit der Angelschnur und den Blechdosen?“, fragte er sie neugierig.

„Ich bastel an einer Alarmanlage für unseren Einsatz."

„Und wie soll das funktionieren?"

„Die Angelschnur ist durchsichtig", erklärte Holli, „daran befestigen wir in Abständen die Blechdosen. In die Dosen stelle ich kleine Teelichter, damit sie wie ein Windlicht aussehen. So getarnt können sie überall aufgestellt werden. Das Seil wird gespannt und zum Beispiel vor eine Tür gezogen. Sollte ein Dieb versuchen, die Tür zu öffnen, läuft er in das Seil. Dabei werden die Dosen umgestürzt, was einen höllischen Krach ergibt und der Dieb fliegt auf."

Fin sah seine Freundin groß an. „Du hast ja vielleicht Ideen, ich bin platt", sagte er zu ihr und dann fügte er noch feierlich hinzu „Horatia-Luise Sandkorn". Aber das hätte er sich sparen können, denn darüber war Holli nicht sehr erfreut.

„Zieh die Schnur straff!", rief sie ihm genervt zu. „Und nenn' mich ja nicht noch mal bei meinem vollen Namen. Das hört sich richtig schwülstig an, wie Felix von Pinkelstein, ach ich meine Herrenstein", dabei machte sie eine Verbeugung und lachte schallend los.

Auch Fin musste grinsen, Felix von Pinkelstein klang einfach lustig.

Als sich die beiden beruhigt hatten, sahen sie, dass Tante Birte in der Tür zum Garten stand: „Na ihr zwei, ihr amüsiert euch ja prächtig, wie ich sehe. Wie versprochen habe ich die Filmkamera dabei."

Eine Sekunde starrte Holli sie an, dann nahm sie Anlauf, rannte auf sie zu und drückte ihre Patentante kräftig. Sie jauchzte dazu und Dackel Fiete sprang begeistert an ihr hoch.

So ein Theater war ganz nach seinem Geschmack. In diesem Moment war Holli so glücklich, dass sie kurz die Hände auf ihre Augen legte, dann wieder wegnahm, um zu gucken, ob sie träumte. Es war aber alles noch da, Tante Birte mit Fiete, das große weiße Friesenhaus, ihr Freund Fin mit Tine, seiner kleinen Schwester, das Wattenmeer und natürlich das geliebte grüne Kliff von Keitum. „Ach was ist es doch auf Sylt so schön", trällerte sie drauf los.

Doch bevor sie weitersingen konnte, rief Oma Sandkorn: „Wir sind ausgebucht! Das letzte Ferienzimmer ist seit heute belegt. Herr von Herrenstein hat es für seinen Freund gebucht. Er rief so gegen Mittag an. Wir hatten eine ziemlich schlechte Verbindung am Telefon. Ich wollte gerade nach dem Namen des Freundes fragen, als das Gespräch plötzlich abbrach. Na ja, immerhin kenne ich seinen Vornamen, soviel Zeit war gerade noch." Dabei kicherte sie vor sich hin.

„Was ist denn so lustig, Oma?", fragte Holli überrascht.

„Schön ist der Name nicht", antwortete Oma Sandkorn, „dafür aber sehr selten."

Alle starrten sie neugierig an.

„Er heißt Wladimir!"

Holli plumpste fast von ihrem Stuhl, ergriff Fins Arm und beugte sich zu ihm herüber. Sie flüsterte in sein Ohr: „Die Flaschenpost!" und kniff ihn dabei.

Wie vom Donner gerührt saß auch Fin auf seinem Stuhl. Bevor er ein Wort herausbringen konnte, holte er tief Luft. Dann erklärte er feierlich: „Der Adler ist gelandet!"

Geheimauftrag „Flaschenpost“

In diesem Augenblick fuhr der Sportwagen von Felix von Herrenstein auf den Parkplatz der Sandkorns. Beide Männer stiegen aus und betraten das Haus. Im Eingang stand bereits Oma Sandkorn, um ihren neuen Gast zu begrüßen. Holli und Fin hatten sich hinter dem Dielenschrank versteckt. Sie waren auf das Äußerste gespannt und wollten auf gar keinen Fall die Vorstellung verpassen. Leider konnten sie nicht jedes Wort verstehen, dafür aber den neuen Gast beobachten. So sah also der Verfasser der Flaschenpost aus. Denn eines war für sie klar: Felix von Herrenstein war zwar eine Schmalztype, aber bestimmt kein Betrüger. Da waren sich die Kinder einig.

„Wir müssen die beiden erst einmal eine Weile observieren“, sagte Fin zu Holli. In der Agentensprache kannte er sich schließlich aus und hatte absichtlich nicht einfach „beobachten“ gesagt.

„Genau!“, stimmte Holli ihm zu, ohne eigentlich zu wissen, was er meinte.

Dann erklärte Fin: „Wir müssen sie die ganze Zeit im Auge behalten, immer am Ball bleiben.“ Das verstand Holli.

„Das wird sehr viel Zeit kosten“, sagte er zu ihr, „deshalb schlage ich vor, die Zwillinge als Verstärkung zu holen.“

„Außerdem können wir immer noch Florian Flink zu Rate

ziehen", fügte Holli hinzu. „Er ist der Beste in seinem Jahrgang."

Florian Flink war Polizeischüler bei der Sylter Polizei und Opa Sandkorn als sein Ausbilder war voll des Lobes für ihn. Wenn Fin auch etwas eifersüchtig auf Florian Flink war, musste er seiner Freundin aber doch Recht geben. Die Idee war nicht schlecht. Er hielt ihn zwar nicht gerade für James Bond, aber immerhin hatte er eine gewisse Erfahrung.

Nachdem das geklärt war, machten sich die Kinder auf den Weg ins Dorf zu Ole und Pelle. Sie nahmen dafür den Weg entlang des grünen Kliffs am Wattenmeer.

Fiete, ihr Spürhund, war auch dabei. Das Wetter meinte es wieder gut mit ihnen.

Ganz hoch stand die Sonne, nicht eine Wolke war zu erkennen. Der hellblaue Himmel und die dunkelblaue Nordsee, es sah aus wie in einem Bilderbuch. Holli wurde es ganz warm ums Herz. Sie liebte ihre Heimatinsel Sylt an solchen Tagen ganz besonders.

Als sie zur Bäckerei kamen, fuhr der kleine Lieferwagen mit Bäckermeister Fettich und den Zwillingen gerade durch die Hofeinfahrt. Als der Wagen neben ihnen hielt, riss Holli die Beifahrertür auf und brüllte drauf los: „Hallo ihr Zwei, wir brauchen eure Hilfe."

Herr Fettich hielt sich die Ohren zu. Dieses kleine Mädchen hatte eine ganz schön durchdringende Stimme. Es dauerte einen Moment, bis die Zwillinge begriffen um was es ging.

„Cool", sagten sie gemeinsam.

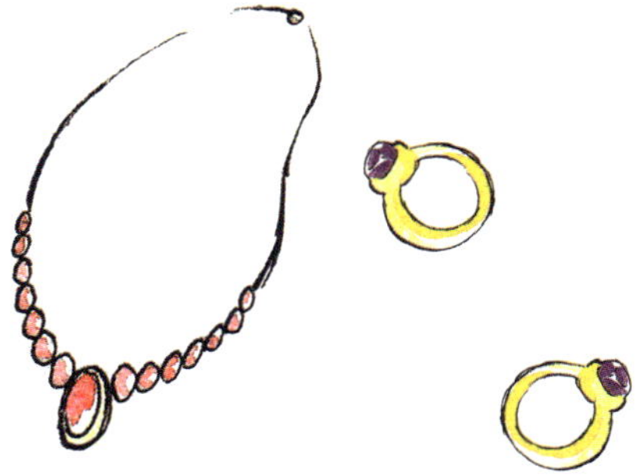

„Könnte es sein“, fragte Pelle, „dass es sich um die Flaschenpost handelt?“

Holli kniff die Lippen zusammen und nickte nur stumm. Dann zog sie den Zettel der Flaschenpost aus ihrer Hosentasche.

„Ich glaube“, sagte sie zu den Jungen, „wir müssen einen Geheimauftrag erledigen!“

Gespannt folgten die Zwillinge ihrer Geschichte, angefangen bei dem Wunsch ein Ferienabenteuer zu erleben, dann zur Flaschenpost und schließlich endete sie bei ihren Vermutungen, dass nämlich ein Raub bei der großen Veranstaltung von Barbara Buschmann und Jan Pauli stattfinden sollte. Der Schmuck und die Pelze, die in der Flaschenpost „Fell“ genannt worden waren, sowie die aufwändige Beleuchtung für die Modenschau waren der Schlüssel zur Flaschenpost.

Als sie mit ihrer Schilderung am Ende war, stürmten die Zwillinge nur so mit Fragen auf sie ein. Holli wusste gar nicht, was sie zuerst beantworten sollte. Fin kam ihr zu Hilfe. Er erzählte von seiner Idee mit dem Ferienprogramm, der Veranstaltung von Barbara Buschmann und Jan Pauli, dem großen Modeschöpfer in Sachen Pelz. Als dann auch noch „Wladimir", der Freund von Felix von Herrenstein, auftauchte, fügte sich auch für die Zwillinge das Rätsel der Flaschenpost zusammen. Es konnte nur die Präsentation der Juwelen und Pelze gemeint sein. Frau Buschmann plante schließlich, eine besondere Beleuchtungsanlage aufstellen zu lassen. Damit würden ihre Schmuckstücke besonders gut zur Geltung kommen.

Nachdem alles erzählt war, herrschte Schweigen. Die Kinder mussten die Geschichte erst einmal verdauen. Plötzlich fiel Holli noch ein, wie merkwürdig sich Felix von Herrenstein am Morgen nach dem Frühstück benommen hatte. Das war schnell erzählt und Fin gab ihr Recht. Er erinnerte sich an das fast umgefallene Tischchen im Flur.

Nun meldete sich erst einmal Ole zu Wort, er war der schlauere von den Zwillingen: „Unsere Mission braucht erstens unbedingt einen Namen, zweitens müssen wir ab jetzt ständig auf der Lauer liegen und drittens sollten wir zu Opa Sandkorn gehen, wir brauchen einen Fachmann. Er muss eingeweiht werden. Sicher hat er eine gute Idee."

Darauf meinte Holli nur kurz: „Punkt eins und zwei sind super, Punkt drei kannst du abhaken. Erst mal brauchen wir Beweise."

Fin nickte und fragte: „Was haltet ihr von „Geheimauftrag Flaschenpost“? Das ist doch ein toller Name für unsere Mission.“

Dem Vorschlag wurde zugestimmt.

Etwas ungeduldig kam ein Winseln unter dem Tisch hervor. Fiete hatte jetzt keine Lust mehr. Holli strich ihm über das Fell. „Es ist jetzt sowieso zu spät etwas zu unternehmen. Wir treffen uns morgen um 10.00 Uhr am Strand, einverstanden?“

Die Kinder verabredeten sich für den nächsten Tag. Dann verabschiedeten sich Holli und Fin und liefen mit Fiete um die Wette nach Hause.

Geheimagenten im Einsatz

Kurz bevor Holli mit Fin und Fiete am nächsten Morgen das Haus verlassen wollte, kam ihnen Opa Sandkorn entgegen.

„Moin Kinder, gut geschlafen? Was macht der Geheimauftrag?“

„Moin Opa, wir haben gut geschlummert und jetzt wollen wir uns mit Ole und Pelle treffen und sind ziemlich in Eile“, antwortet Holli. Sie wagte kaum, ihm in die Augen zu schauen.

Ihr Großvater hätte sofort gemerkt, dass sie etwas vor ihm verborgen hielt. Aber sie hielt es trotzdem für klüger, erst einmal Beweise zu sammeln, bevor sie ihn einweihte. Schließlich gab es ohne Leiche auch keinen Mord!

Ole und Pelle warteten schon auf sie an der vereinbarten Stelle. Sie konnten es kaum erwarten. Holli hatte Tante Birtes kleine Kamera dabei und ihr Handy. Am Strand angekommen, setzten sich erst mal alle wortlos in den Sand. Fiete tobte mit den Möwen und hatte seinen Spaß. Sie hatten jetzt Zeit genug, ihre Lagebesprechung abzuhalten. Holli machte den Geheimagenten den Ernst der Sache klar, indem sie zuerst darauf hinwies: „Es sind nur noch drei Tage bis zu der großen Veranstaltung. Bis dahin muss unser Geheimdienst auf Hochtouren laufen!“

Ihre Agenten stimmten ihr zu.

„Wir begeben uns auf Verbrecherjagd“, rief sie, „da muss jeder auf seinem Posten sein.“

Jetzt ging es also los. Sie sahen sich verstohlen um, um ja nicht belauscht zu werden. Holli gab Fin ein Zeichen, das hieß, er sollte sich unauffällig umsehen. Er hatte seine Freundin verstanden und stand schnell auf, um den Strandweg im Auge zu behalten. Dann sah er, wie Felix von Herrenstein und sein Freund Wladimir Richtung Munkmarsch joggten.

Da Ole und Pelle ihre Fahrräder dabei hatten, bekamen sie den Auftrag, den beiden zu folgen.

„Los Jungs, ihr müsst hinterher!“, gab Holli den Befehl. „Geht auf Beobachtungsposten! In der Zwischenzeit holen wir unsere

Räder und fahren nach Keitum. Wir werden vor dem Juweliergeschäft unseren Posten beziehen. So, jetzt noch Uhrenvergleich, Handys checken und ab geht es! Wir treffen uns zum Bericht in zwei Stunden in unserem Garten. Bis dann!“

Kaum ausgesprochen machten sich die Kinder auf den Weg.

Felix von Herrenstein und sein Freund Walter Mir trabten im Joggingschritt nach Munkmarsch. Sie hatten mit dem Bootsverleiher einen neuen Termin ausgemacht. Denn wenn alles erledigt war, wollten sich die beiden Männer nach Dänemark mit einem Boot absetzen. Der Hafen von Munkmarsch liegt malerisch in einer Bucht von Sylt und ist eingebettet zwischen Keitum und Braderup. Vor dem Hafen liegt das alte Fährhaus mit seinem neuen Anbau. Es strahlte wie eine weiße Perle im Sonnenlicht. Als die beiden Männer am Hafen ankamen, sahen sie schon, wie Herr Lorenzen ein Boot für sie klar machte. Das Boot hieß „Koralle“ und war ein stattliches Segelschiff mit Motor. Für ihre Fahrt nach Dänemark wollten sie zuerst unauffällig die Segel setzen, um anschließend den Motor zu starten und mit Vollgas davon zu fahren.

Herr Lorenzen begrüßte die Männer freundlich, erklärte kurz die Technik des Bootes und nannte seinen Preis. Felix von Herrenstein zahlte die volle Summe für zwei Wochen. Es sollte ja nach Urlaub aussehen.

In der Zwischenzeit waren die Zwillinge mit ihren Fahrrädern eingetroffen. Schnell parkten sie ihre Räder und rannten zu ihrem eigenen Segelboot. Dort legten sie sich auf die Lauer und beobachteten die Männer. Sie sahen gerade noch wie Felix von Herrenstein das Boot klar machte.

Ole holte sein Handy hervor und informierte Holli über das Geschehen: „Im Moment laufen sie gerade mit dem Boot aus dem Hafen. Wir gehen jetzt zu Herrn Lorenzen und fragen ihn aus."

„Fall aber nicht mit der Tür ins Haus!", mahnte Holli ihn. „Ihr seid Geheimagenten. Herr Lorenzen darf nicht mal merken, dass er ausgefragt wird."

„Meinst du, ich bin blöd?", antwortete Ole ihr, „Lass das mal meine Sorge sein, bis dann."

Als er aufgelegt hatte, drehte er sich zu seinem Bruder um und verdrehte die Augen: „Die Weiber meinen auch immer, wir sind von gestern. Los Pelle, mach' hinne, wir gehen zu Herrn Lorenzen und befragen ihn. Wir fragen nach Schleimer und Schleimchen, dass fällt am wenigsten auf, denn die kennt ja keiner."

Ole mochte den vornehmen Namen von Felix von Herrenstein nicht leiden, deshalb nannte er die Männer Schleimer und Schleimchen. Um sich nicht verdächtig zu machen, verwickelten die Jungen den Hafenmeister in ein unverfängliches Gespräch über Boote. Bei der Gelegenheit erfuhren sie auch, dass Felix von Herrenstein das Boot für zwei Wochen gemietet hatte. Er und sein Freund wollten ein Inselhopping starten, von Sylt nach Amrum und Föhr und danach auf die dänische Insel Rømø, erzählte Herr Lorenzen den Zwillingen.

„Na, das ist ja interessant", dachten sich die beiden und nickten. Dann mussten sie los.

Sie verabschiedeten sich freundlich und fuhren schnell auf ihren Rädern wieder zurück nach Keitum.

Als sie zur Villa Sandkorn kamen, konnten sie gerade noch sehen, wie ein Mann in einen dunkelblauen Lieferwagen stieg und wegfuhr. Dann bogen auch schon Holli und Fin auf ihren Rädern um die Ecke, um schnell den Weg zum Garten einzuschlagen. Sie setzten sich gerade alle an den Gartentisch, als Oma Sandkorn aus der Küche rief:

„Na Kinder, da seid ihr ja wieder. Habt ihr vielleicht Herrn von Herrenstein gesehen? Es hat ein reizender Herr nach ihm gefragt, ist aber gerade wieder weggefahren. Ihr könnt euch Limonade aus der Küche holen", fügte sie hinzu.

Holli erzählte ihrer Großmutter, dass die Männer zum Joggen seien und fragte beiläufig, welchen Herrn sie meinte. Oma Sandkorn berichtete von dem Mann im blauen Lieferwagen. Holli nickte nur stumm und holte Limonade für alle Geheimagenten. Nachdem die Erfrischung verteilt war, nahm sie ihren Notizblock und las ihren Bericht vor.

Während die Zwillinge die beiden Verdächtigen beschattet hatten, hatten sich die Agenten Holli und Fin nämlich an dem alten Nachbarhaus bei dem Geschäft von Frau Buschmann in Stellung gebracht. Es war nicht mehr bewohnt, die alte Frau, die hier mal gelebt hatte, war weggezogen. So fielen Holli in dem alten Regenfass und Fin im Apfelbaum keinem auf. Von ihrem Platz aus konnten sie die Vorbereitungen für die Veranstaltung genau verfolgen. Nach einer Weile erschienen drei Lieferwagen auf dem Platz. Die Fahrzeuge gehörten zum Aufbauteam von Jan Pauli, dem Pelzpapst. Sie waren alle dunkelblau und sahen recht elegant aus. Barbara Buschmann und Jan Pauli redeten sehr angeregt miteinander und diskutierten über die Aufstellung der Sitzreihen.

Im Übrigen war auf der Lauer liegen ziemlich anstrengend. Wenn man nach einem Gauner Ausschau hielt, war plötzlich jeder verdächtig.

Holli löst das Geheimnis der Flaschenpost

Als Holli ihren Bericht beendet hatte, zuckte sie plötzlich wie von der Tarantel gestochen zusammen. Beinahe wäre sie auf Fiete, den Spürhund, getreten. Der konnte sich gerade noch retten.

„Allewetter, Potzblitz!", schrie sie aus voller Kehle, „blauer Lieferwagen, heute Nachmittag, auf unserem Parkplatz, Mann fragt nach Felix." Holli redete völlig abgehackt. Gab es da etwa einen Zusammenhang?

Die Agenten von der Mission „Flaschenpost" beschlossen Punkt für Punkt noch einmal alles durchzugehen. Sie kamen aber zu keinem Ergebnis.

„Also gut", sagte Holli, „der Geheimdienst macht für heute Schluss. Der Mann mit dem Lieferwagen kommt morgen früh um 10.00 Uhr wieder. Der Dienstbeginn morgen wird auf 9.30 Uhr festgelegt. Wer dafür ist, hebt bitte die Hand."

Der Vorschlag wurde von den Agenten einstimmig angenommen. Dann fuhren Ole und Pelle nach Hause. Fin sprang über den Rasen und rief seine kleine Schwester Tine. Er musste sich jetzt mal um sie kümmern, sonst war seine Mutter sauer. Holli konnte verstehen, dass er ein schlechtes Gewissen bekam. Die ganze Zeit waren sie unterwegs gewesen und Tine war allein bei Oma Sandkorn. Sie sah, wie er im Sandkasten die Förmchenbande seiner kleinen Schwester zusammensuchte und anschließend zum Haus ging. Bevor er eintrat, drehte Fin sich noch einmal um und winkte seiner Freundin zu.

Am anderen Tag trafen sich die Kinder wie verabredet im Garten und warteten auf den Mann im blauen Lieferwagen. Punkt 10 Uhr fuhr das Auto auf den Parkplatz. Holli musste plötzlich an die James Bond-Filme denken. Fin hatte ihr erzählt, es gäbe Peilsender zur Überwachung. Das wäre es doch! Jetzt einen Peilsender am Wagen befestigen und schon wüsste man, wohin er fuhr. Doch dies war kein Film und Fin nicht James Bond. Also kehrte sie in die Wirklichkeit zurück.

In dem Moment kam auch schon Felix von Herrenstein aus dem Haus. Wie immer adrett gekleidet, rote Jeans, dunkelblaues Poloshirt und blaue Sportslipper. Er stieg in den Wagen und begrüßte den Mann wie einen alten Freund. Sie wechselten angeregt ein paar Worte miteinander. Dann stiegen beide wieder aus, gingen um den Wagen herum und klatschen sich dabei mit den Händen ab. Holli sah dem Ganzen verwirrt zu. Was hatte das zu bedeuten?

Plötzlich fiel es ihr wie Schuppen von den Augen. Den blauen Lieferwagen hatte sie schon mal gesehen und zwar in dreifacher Ausführung. Die Lieferwagen von „Pelzpapst“ Jan Pauli sahen haargenau so aus wie dieser hier auf dem Parkplatz der Villa Sandkorn.

„Los geht‘s“, sagte Holli leise. Die anderen Agenten schauten sie etwas irritiert an.

„Was meinst du?“, fragten Ole und Pelle wie aus einem Mund.

„Na, unser Auftrag“, antwortete sie, „der Inhalt der Flaschenpost.“

Sie entfaltete den Zettel aus der Flasche und sagte: „Mal zusammengefasst,

1. Wir haben die Veranstaltung: Die Pelz- und Juwelenschau von Barbara Buschmann und Jan Pauli. ☑

2. Mit dem „schönen Fell“ sind die Pelze gemeint. ☑

3. Wladimir ist auch aufgetaucht: So heißt der Freund von Felix von Herrenstein. ☑

4. Die Beleuchtung stimmt: Im Ferienprogramm steht, dass eine aufwändige Lichtanlage gebaut wird, damit Schmuck und Pelze besonders zur Geltung kommen. ☑

5. Paulchen hat keine Ahnung, heißt Jan Pauli hat keine Ahnung von dem, was hier vorgeht!“ ☑

Völlig erstaunt sahen die Kinder ihre Freundin an. Sie war eben doch die Enkelin von Opa Sandkorn, der besten Spürnase von der Insel.

Der Geheimdienst auf der falschen Fährte?

Ole und Pelle meldeten sich zu Wort.

„Unser Auftrag wird es sein, herauszufinden, wer der Fahrer des Lieferwagens ist“, sagte Pelle und Ole fügte hinzu: „Das klären wir am besten sofort.“

Die Agenten Fettich marschierten auf geradem Weg zum Auto. Etwas abseits standen die Männer und unterhielten sich. Im nächsten Augenblick rief der fremde Mann: „Was machst du da an meinem Auto?“

Er hatte zunächst nur Ole gesehen. Als er dann auch noch Pelle sah, war er mit schnellen Schritten bei den Kindern.

Felix von Herrenstein beruhigte den Mann und erklärte: „Das sind die Zwillinge von Bäckermeister Fettich. Sie sind Freunde des Hauses.“

„Wir interessieren uns für ihr Auto. So einen tollen Lieferwagen möchte unser Vater schon lange haben“, sagte Pelle wie aus der Pistole geschossen.

Der Mann sah sie verdutzt an und kicherte dann los: „Ich hatte schon befürchtet, ihr wollt mich ausrauben.“

Die Zwillinge schüttelten den Kopf. Was für ein Zufall!

Dann brach der Fahrer in dröhnendes Gelächter aus. „Das war ein Scherz, ihr könnt ja nicht wissen, was im Lieferwagen ist. Ich bin Fahrer bei einer Pelzfirma.“

Er war also tatsächlich einer der Fahrer von Jan Pauli. Die Zwillinge blieben bei ihrer Tarnung und fragen nach den technischen Details des Fahrzeugs. Nach einer Weile verabschiedeten sich die Agenten Fettich und gingen zurück. Dabei liefen sie Mercedes Elend in die Arme. Die Kommissarin aus Kiel legte eine Hand über die Augen, damit sie in der Sonne besser sehen konnte. Sie sah noch wie der Mann in seinen Lieferwagen stieg und abfuhr.

„Wenn mich meine Augen nicht täuschen, kenne ich diesen Mann", sagte sie laut vor sich hin. „Aber woher nur?", fügte sie hinzu und ging nachdenklich im Zeitlupentempo in das Haus zurück.

Holli und Fin warteten schon ganz aufgeregt auf die Zwillinge im Garten. Ole und Pelle erzählten, was sie herausgefunden hatten.

„Das ist sehr verdächtig", sagt Holli zu den anderen, „unser Felix von Herrenstein kennt die Ganoven. Dabei macht er doch so einen netten Eindruck."

„Wir müssen die Halunken in die Falle locken", sagte Fin, „oder sie auf frischer Tat ertappen".

Die Stimmung zwischen den Kindern schaukelte sich hoch. Koste es was es wolle, der Fall musste gelöst werden.

„Ich schlage vor, wir machen erst mal Mittagspause", sagte Holli.

Von allen Seiten bekam sie Zustimmung, mit leerem Magen konnte man nicht arbeiten. Schließlich machte Agentenarbeit hungrig. Sie verabredeten sich um 14.00 Uhr wieder im Garten.

Holli und Fin liefen erst einmal mit Fiete zum Wattenmeer. Der Hund musste Auslauf haben. Dabei hatten auch die Kinder das Gefühl frische Luft zu brauchen. Obwohl sie den ganzen Tag im Garten gesessen hatten, rauchte ihnen förmlich der Kopf. Die frische Nordseeluft tat ihnen gut. Es roch nach Salz und etwas Moder, typisch für die Wattseite der Insel.

„Nur noch zwei Tage bis zur Pelz- und Juwelenschau", sagte Fin zu Holli.

„Wir müssen uns was einfallen lassen und die Ganoven schnappen. Ich glaube, es wird Zeit meinen Großvater einzuweihen."

„Das ist eine gute Idee. Lass uns einen Termin mit ihm ausmachen, am besten noch heute!"

Nach einer Weile trieb sie der Hunger zurück zum Haus. Oma Sandkorn hatte heute Sauerfleisch und Bratkartoffeln gekocht. Dazu gab es Gurkensalat. Auch Tante Birte und Mercedes Elend ließen es sich schon schmecken. Holli warf Opa Sandkorn einen prüfenden Blick zu. Sie wollte erst mal sehen, wie seine Stimmung war.

Da er fröhlich vor seinem Teller saß, ergriff sie die Gelegenheit und sagte: „Opa, wir müssen ganz dringend mit dir sprechen."

„Nun, wenn es so dringend ist, dann treffen wir uns in meinem Büro, gleich nach dem Essen."

„Super Opa!" Holli war jetzt doch sehr erleichtert, denn die Angelegenheit konnte nicht mehr aufgeschoben werden.

Nachdem auch der Vanillepudding in den Bäuchen der Kinder verschwunden war, liefen sie eilig zu Opa Sandkorns Büro. Sie setzten sich auf die große Fensterbank mit den kuscheligen Kissen und warteten auf ihn. Ihr Blick fiel dabei auf das grüne Kliff von Keitum mit seinem Wattenmeer. Wer hätte gedacht, dass ihr Ferienabenteuer so groß und so spannend sein würde? In dem Moment trat Opa Sandkorn in sein Büro und setzte sich zu den Kindern.

„Was ist denn so dringend?"

„Das fragst du noch? Du hast doch die Flaschenpost gefunden. Jetzt haben wir den Salat!", rief Holli in den Raum und sah dabei Opa Sandkorn vorwurfsvoll an. „Alles ist so eingetreten wie es auf dem Zettel steht."

„Aber, aber, nicht so schnell! Wovon redest, du mein Kind?"

„Natürlich von dem bevorstehenden Pelzraub bei Frau Buschmann."

„Was für ein Raub bei Frau Buschmann? Also Holli, jetzt gehst du etwas zu weit", sagte Opa Sandkorn. „Die Flaschenpost ist doch moderig und ganz alt. Als der Text geschrieben wurde, stand der Termin für die Pelz- und Juwelenschau doch noch gar nicht fest. Derjenige, der den Text geschrieben hat, konnte unmöglich davon wissen."

„Ach Opa, es passt alles so gut zusammen! Meinst du, wir sind auf der falschen Fährte?", fragte Holli ganz enttäuscht.

„Ja Kinder, ich glaube, so ist es!"

„Aber der blaue Lieferwagen und Felix von Herrensteins Freund Wladimir, dann noch die besondere Beleuchtung, damit alles noch besser zur Geltung kommt. Das bilde ich mir doch nicht ein“, sagte Holli zu ihm.

Jetzt wurde es Fin aber zu bunt. Er musste seiner Freundin Rückendeckung geben.

„Ich muss Holli unterstützen. Erst vor ein paar Tagen kommt Felix in den Hausflur gerannt und rempelt mich fast um. Der war gar nicht bei sich und dann taucht auch noch sein Freund auf und der wiederum hat einen Freund mit blauem Lieferwagen. Also ich muss ziemlich von Morsum sein, um nicht eins und eins zusammenzählen zu können.“

Wenn man über den Hindenburgdamm mit der Bahn nach Sylt kommt, ist Morsum der erste Ort auf der Insel. Damit ist Morsum von Keitum weit weg, aber Fins Gedanken ganz nah. Opa Sandkorn musste zugeben, dass der „Agentenbericht“ der Kinder sehr spannend war.

„Ich würde euch vorschlagen, eine andere Strategie zu wählen und noch einmal Punkt für Punkt den Zettel durchzulesen. Manchmal wird ja etwas übersehen. Da kommen gerade eure Freunde Ole und Pelle in den Garten. Macht euch noch einen schönen Tag. Ich muss mich jetzt aufs Ohr hauen, habe heute Abend Gemeinderatssitzung, kann spät werden.“

Er öffnete die Tür und somit waren sie entlassen.

Ziemlich durcheinander trafen sie im Garten auf die Zwillinge und Holli erzählte ihnen von ihrem Gespräch mit Opa Sandkorn. Als sie fertig war, sahen sich alle ratlos an. Das konnte doch nicht sein! Es fügte sich doch so gut zusammen.

„Nur nicht schlapp machen“, sagte Pelle, „ich schlage vor, wir bleiben erst mal am Ball.“

So sahen es die anderen auch, der Auftrag musste ausgeführt werden. Sie holten ihre Fahrräder, packten Fiete vorne ins Körbchen und dann radelten sie wie der Blitz nach Keitum zu dem Laden von Barbara Buschmann.

Mittlerweile waren die Vorbereitungen für die Modenschau in vollem Gang. Die Elektriker bauten gerade die Superlichtanlage auf. Anschließend mussten dann noch die Stühle für die Gäste aufgestellt werden. Der Laufsteg für die Models war schon zusammengebaut. Das Ganze wurde mit einem stabilen Segeltuch überdacht. Frau Buschmann machte sich zwar Sorgen, dass etwas schief gehen könnte, aber hier waren Profis am Werk.

In dem Augenblick fuhr Felix von Herrenstein mit seinem Auto vorbei. Die Kinder hatten sich auf der Terrasse der „Kleinen Teestube“ in Position gebracht. Von hier aus konnten sie unauffällig spionieren. Opa Sandkorn hatte ihnen zum Trost Geld für ein Eis mitgegeben.

Das kam ihnen jetzt zugute. Sie konnten immer wieder unauffällig über ihr Eis auf das Juweliergeschäft schauen.

Holli trug ihren schönsten Strohhut und hatte sich das Opernglas von Oma Sandkorn auf die Nase gesetzt. Da der Hut früher ihrer Mutter gehört hatte, war er ihr eigentlich zu groß. Aber in diesem Fall kam er voll zum Einsatz. Niemand konnte darunter das Opernglas erkennen. Von weitem sah es aus wie eine Sonnenbrille. Fin hatte sich hinter der letzten Ausgabe der „Sylter Rundschau“ verschanzt und die Zwillinge trugen ihr Sonntagsgesicht. So getarnt konnten sie die Verdächtigen unauffällig beobachten.

Dabei fielen ihnen zwei Polizisten auf, der eine davon war Florian Flink. Holli ließ fast ihr Opernglas fallen. Das war die Lösung: Sie mussten Florian Flink in ihr Vertrauen ziehen und ihm alles berichten.

Die Kinder hatten sich gerade darauf geeinigt, als Felix von Herrenstein wie aus dem Nichts auftauchte und sich neben Florian und seinen Kollegen stellte. Was führte er im Schilde? Holli und die Jungs konnten es nicht fassen, er redete ununterbrochen auf die beiden Männer von der Polizei ein und alle drei bogen sich vor Lachen.

„Ja ist das denn die Möglichkeit“, flüsterte Holli den Jungen zu. Auch die waren verdutzt. Es war jedenfalls höchste Zeit, den Fall zu klären. Dann wurde Felix von Herrenstein plötzlich wieder ganz ernst. Er ging mit den beiden Polizisten am Geschäft entlang und sah sich nach allen Seiten um.

In diesem Augenblick sprang Fiete an Holli hoch und ehe sie richtig reagieren konnte, war das Ganze schon wieder vorbei. Fiete hatte sich in seiner Leine verheddert und die Männer waren fort. Enttäuscht stiegen die Geheimagenten auf ihre Fahrräder und fuhren zurück zum Basislager, der Villa Sandkorn.

Agentin Holli durchsucht die Gästezimmer

Im Garten trafen sie auf Felix von Herrenstein. Sie waren etwas erschrocken, ließen sie sich aber nichts anmerken. Nur Fiete bellte und jaulte vor Freude. Komisch, dachte Holli, das macht er doch sonst nur bei lieben Menschen. Sollte sie sich irren? Alle Agenten nahmen erst einmal Platz. Sofort eröffnete Holli die Sitzung: „Als erstes müssen wir einen richtigen Plan aufstellen, dann werden wir Florian Flink ins Vertrauen ziehen."

Alle stimmten ihr zu. Ole und Pelle waren für das von Felix von Herrenstein und Walter Mir gemietete Boot zuständig. Sie sollten es seeuntüchtig machen. Dann senkte Holli die Stimme, sie wollte nicht belauscht werden.

„Gut, dass meine Eltern zum Ärztevortrag nach Hamburg gefahren sind."

„Was hat das mit unserem Fall zu tun?", fragte Fin.

Holli holte Luft und sagte dann: „Ich werde mir aus der Praxis meines Vaters Gummihandschuhe holen. Die brauche ich, um keine Fingerabdrücke zu hinterlassen."

Etwas ratlos sahen die anderen sie an.

„Tja", meinte Holli, „Fin und ich werden uns mal im Zimmer seiner Vornehmheit umsehen." Damit meinte sie natürlich Felix von Herrenstein.

„Ich komme nicht mit“, gab Fin zurück und schüttelte den Kopf. „Du bist wohl komplett verrückt.“

Holli sah ihn entäuscht an. „Wie, du kommst nicht mit?“

„Was ist das für ein Plan? Das geht so nicht! Einer von uns muss Schmiere stehen, um den anderen zu warnen, wenn jemand kommt.“

Schlagartig besserte sich Hollis Laune. Fin hatte Recht. In ihrer Aufregung hatte sie das vergessen.

„Cool“, sagten die Zwillinge und klopften dabei Fin auf die Schulter.

Holli warf einen Blick auf ihre rote Armbanduhr. Gleich gab es Abendbrot. Schnell vereinbarten sie noch alle Handys aufzuladen und die Fahrräder aufzupumpen. Mit viel Luft im Reifen waren sie schneller. Sie durften keinen Fehler machen. Dann sagten sich die Kinder „Tschüß“.

Der nächste Tag war traumhaft, der Himmel blau, nicht eine Wolke zu sehen und ruhige glänzende See. Holli hatte sich den Wecker auf 5.00 Uhr gestellt.

Leise stand sie auf und schlich sich heimlich in die Praxis von Dr. Wendelin Sandkorn, ihrem Vater. Schnell nahm sie die Gummihandschuhe aus der Box und schritt dann leise wieder zurück. Sie kroch in ihr Bett, was noch ganz warm war. Gähnend stellt sie den Wecker. Es war viel zu früh. Sie drehte sich um und schlief noch mal ein. Fiete blinzelte nur einmal kurz und schlief auch weiter.

Als der Wecker wieder klingelte, sprang sie aus dem Bett und lief zu Fin und Tine ins Zimmer. Die waren gerade beim

Zähneputzen. Sie gab Fin ein Zeichen, er sollte Tine zu Oma in die Küche bringen. Dann legte sie sich mit Fin im Flur auf die Lauer. Die beiden warteten bis Felix von Herrenstein und Walter Mir zum Frühstück gingen, dann schlichen sie sich zu den Gästezimmern.

Holli durchsuchte zuerst das Zimmer „seiner Vornehmheit", Felix von Herrenstein. Wie nicht anders zu erwarten, war der Raum sehr ordentlich. Alles hatte seinen Platz. Das machte es der Agentin Holli Sandkorn etwas einfacher. Sie zog die Gummihandschuhe über und machte sich an die Arbeit.

Fin stand auf seinem Lauerposten im Flur. Sie hatten beide vorher noch schnell die Blechdosenkette am Treppenrand aufgestellt, um so besser vor den Männern gewarnt zu sein. Im ersten Moment konnte Holli nichts Verdächtiges finden. Dass ein Kriminalroman auf dem Nachttisch lag, war nichts Besonderes. Schließlich las ihr Vater auch Krimis, aber deswegen wurde man noch nicht verhaftet.

Sie unterbrach diesen Gedanken und konzentrierte sich wieder auf ihren Arbeitsplatz. Plötzlich entdeckte sie den Seesack von Felix von Herrenstein. Er stand hinter dem langen Fenstervorhang. Sie zog ihn zu sich hin und öffnete ihn. Er hatte an alles gedacht. Leichte Bootskleidung kam zum Vorschein, ein paar flotte T-Shirts, kurze Hosen, ein leichter Sommerblazer und ein Paar Bootsschuhe. Das Ganze war als Tarnung für den Bootsausflug gedacht, folgerte Holli. Dann öffnete sie ein kleines Innenfach und staunte: „Das glaub ich jetzt nicht.“ Zum Vorschein kamen ein Personalausweis und ein Reisepass.

Die Agentin Holli Sandkorn war in ihrem Element. Sie schlug den Pass auf und las. Nicht Felix von Herrenstein stand dort, nein, der Pass lautete auf Professor Kurt Kaiser. Immerhin ein Titel, überlegte Holli kurz. Dann nahm sie den Reisepass zur Hand. Auch der war auf Professor Kurt Kaiser ausgestellt. Schnell stopfte sie alles wieder in den Seesack und stellte ihn hinter den Vorhang zurück.

Dann ging sie aus dem Zimmer. Fin wartete schon ganz ungeduldig auf seine Freundin. Sie sammelten die Blechdosen wieder ein und gingen so als sei nichts passiert hinunter zum Frühstück.

„Du glaubst nicht“, sagte Holli zu Fin, „was ich gerade entdeckt habe.“

Sie gab ihrem Agenten Fin einen genauen Bericht. Gespannt hörte er ihr zu und wippte dabei mit den Beinen.

„Mannometer“, sagte er, „wann untersuchen wir denn das Zimmer von Wladimir?“

„Sofort heute Nachmittag! Ich wette, die Gauner haben bis zu der großen Veranstaltung noch Einiges zu regeln“, meinte sie zu Fin.

Dann rief Oma Sandkorn, Holli und Fin sollten mal kommen. Sie musste zum Einkaufen fahren, ihr Vorrat an Marmelade war mittlerweile recht bescheiden. In der Zwischenzeit sollten die Kinder auf Tine aufpassen.

„Wie wäre es mit einem Picknick?“, fragte sie Holli, „Ich habe schon alles für euch vorbereitet.“

„Gute Idee Oma, du bist die Beste“, sagte Holli, schnappte sich den Korb und ging mit Tine zu den anderen. Die Zwillinge waren auch schon da. Fin hatte sie bereits über alles informiert.

„Also los“, rief Holli, „wir gehen jetzt erst mal zum Strand.“

Fiete war schon nicht mehr zu bremsen. Er machte seine Bocksprünge und rannte wie der Blitz. Die Kinder lachten und stimmten ein Volkslied an. Sie sangen es in ihrer friesischen Sprache. Man spürte plötzlich die Verbundenheit der Kinder. Es sah fast so aus, als wollten sie sich Mut machen. Unten am Strand angekommen schlug Fin die Decke auf, stellte den Picknickkorb drauf und packte für Tine die Förmchen aus. Dann nahmen alle Platz. Fiete setzte seine Schnüffelroute fort und Tine backte Sandkuchen. Spannung lag in der Luft.

„Als nächstes müssen wir das Zimmer von Wladimir durchsuchen. Dann gehen wir zu Florian Flink und dann nach Keitum. Wer meinem Vorschlag zustimmt, der hebt jetzt die Hand“, sagte Holli mit ernster Miene zu den anderen Agenten.

Alle stimmten ihr zu und hoben die Hand. Sie verteilten die Becher für die Limonade und prosteten sich zu.

„Wir trinken jetzt auf unseren ersten Fall“, sagten die Zwillinge und stießen an.

Ole und Pelle hatten ihr Fernrohr mitgenommen, damit konnten sie vom Strand auf den Parkplatz der Villa Sandkorn sehen. Immer wieder wurde der Parkplatz kontrolliert. Dann sagte Pelle plötzlich: „Die Männer fahren mit ihrem Auto weg.“

Die Kinder packten ihre Sachen ein, nahmen Tine an die Hand und gingen mit Fiete an der Leine zurück zur Villa Sandkorn.

Holli und Fin durchsuchten das Zimmer von Wladimir, die Zwillinge hatten mit Tine im Garten Posten bezogen. Sollten die Männer früher zurückkommen, wollten sie die beiden über Handy warnen. Aber schon nach kurzer Zeit, waren die Agenten Holli und Fin wieder da. Die Zwillinge waren schon ganz neugierig.

Ganz plötzlich sprang Tine von ihrer Bank und lief auf Oma Sandkorn zu, die gerade vom Einkaufen kam. Die Planung hätte nicht besser sein können, so waren die Agenten ungestört.

Holli erzählte den anderen, dass Wladimir sich noch nicht mal die Mühe gemacht hatte, alles zu verstecken. Es hatte sich gar nicht gelohnt die Gummihandschuhe anzuziehen.

„Unter der Friesenbank am Fenster steht eine schwarze Sporttasche“, Holli machte eine Pause, dann ratterte sie den Inhalt der Tasche herunter:

„Leichte Bootskleidung, Sonnenmilch, Badetuch, Fernrohr, aber jetzt kommt das Beste ...“

Holli sah in die Runde. Die Agenten hingen an ihren Lippen. Einen Augenblick genoss sie ihren Auftritt. Dann kam Bewegung in die Zwillinge. Ole und Pelle standen mit einem Ruck von ihrer Bank auf, dabei schlugen sie mit ihren Knien gegen den Tisch. Der Tisch geriet ins Wanken und Holli kam sofort auf den Boden der Tatsachen zurück.

„Spann uns nicht auf die Folter, Horatia-Luise Sandkorn! Wir sitzen in einem Boot oder etwa nicht?“

Zähneknirschend schluckte sie den Vorwurf herunter, es war ja höchste Eisenbahn.

„Schon gut“, brummte sie, „also kurz bevor ich das Zimmer verlassen habe, habe ich noch unter seine Bettdecke geschaut. Jeder von uns hat dort seinen Schlafanzug liegen, außer Walter Mir.“

„Wer ist denn Walter Mir?“, fragen die Kinder im Chor.

„Ach, das hätte ich fast vergessen“, sagte Holli. „Sein Ausweis und der Reisepass lauten auf den Namen Walter Mir.“

„Da kann ich nur sagen, „mir“ ist schlecht“, sagte Ole, „und was hat er jetzt unter der Decke im Bett?“, fragte er Holli weiter.

„Einen blauen Arbeitsanzug, so einen Overall wie ihn die Leute vom Aufbauteam bei Frau Buschmann haben!“

Die Agenten waren sprachlos. Langsam fügte sich das Bild zusammen.

„Also was machen wir denn nun genau?“, fragte Fin in die Runde.

„Tine ist versorgt und wir gehen jetzt alle gemeinsam zu Florian Flink“, sagte Holli.

Einer für alle und alle für einen!

Die Kinder hatten nur noch einen Tag, dann würde die Veranstaltung stattfinden, so oder so. Sie wollten gerade loslaufen, als ihnen die Kommissarin Mercedes Elend so gar nicht in Ferienstimmung entgegen kam. Sie fragte Holli sofort, wo ihr Großvater wohl sein könnte.

„Ich vermute, er ist in seinem Büro."

Holli hatte kaum ausgesprochen, da setzte sich Mercedes Elend auch schon in Bewegung. Mit schnellen Schritten lief sie zum Büro von Opa Sandkorn. Die Kinder schauten ihr verwundert nach.

„Komisch, sonst ist sie doch immer so redselig", dachte Holli. Es ist jedenfalls kein Nachteil, eine Kommissarin im Haus zu haben, fügte sie für sich hinzu.

Inzwischen waren sie an der Polizeistation angelangt. Polizeischüler Florian Flink wollte gerade in seine Mittagspause gehen, als er auf die vier traf. Holli setzte ihr Sonntagsgesicht auf und hoffte, dass es funktionierte. Dann erzählte sie Florian, was sie herausgefunden hatten. Dabei machte der angehende Polizist ein besorgtes Gesicht.

Er runzelte die Stirn und sagte: „Lasst das lieber bleiben! Das ist kein Kinderspiel!"

Mit diesem Satz hatte er sich verraten. Holli wurde misstrauisch:

„Also sind wir auf der richtigen Spur. Die Gauner müssen nur noch verhaftet werden. Hast du deine Handschellen dabei, Florian?“

„Ich komme in Teufels Küche, wenn ich mich noch länger mit euch darüber unterhalte“, antwortete er etwas kleinlaut.

„Willst du jetzt ein richtiger Polizist werden oder morgen bei Bäckermeister Fettich Brötchen backen?“

Florian runzelte die Stirn, dann straffte er die Schultern und meinte: „Horatia-Luise Sandkorn du bist eben die Enkelin der besten Spürnase von Keitum.“

Einen Moment war Holli ganz still, dann sagte sie: „So schlecht klingt mein Name gar nicht, immerhin musste ich ihn jetzt dreimal ertragen.“ Sie fügte hinzu: „Es hilft alles nichts, wir müssen die Suppe jetzt auslöffeln.“

Nachdem sich alle beruhigt hatten, erklärte Florian den Kindern, sie sollten sich aus allem raushalten. Dabei war sein Ton ganz ernst und sein Blick sprach Bände. Holli versprach, die Arbeit der Polizei zu überlassen, warf den anderen Agenten erst einen vielsagenden Blick zu und kniff ihnen dann ein Auge zu.

„Okay“, sagte sie dann zu Florian, „wir gehen jetzt mal nach Hause.“

Schweigend setzten sich die Kinder in Gang. Von der Polizeistation bis zur Villa Sandkorn waren es ja nur ein paar Meter. Sie brauchten erst mal eine Stärkung. Oma Sandkorn hatte schon auf sie gewartet. Schweigend verlief auch die Mahlzeit, jeder Agent war mit seinen Gedanken bei dem Fall. Erst als Fin das Geschirr zusammenräumte, um es in die Küche zu bringen, kam Leben in die Agentenrunde.

Nachdem er sich wieder zu ihnen gesetzt hatte, sprang Holli auf und sagte: „Der Adler ist gelandet!"

Entschlossen hob sie ihre kleine Faust: „Wir können nicht zulassen, dass Frau Buschmanns Veranstaltung eine Pleite wird."

Alle nickten.

Dann sagte Fin: „Einer für alle und alle für einen!" Es klang wie ein Schwur und feierlich wiederholten die Kinder den Satz gemeinsam.

Holli bekam plötzlich Gänsehaut. Hoffentlich ging alles gut. Mit so einem Abenteuer hatten die Kinder wahrhaftig nicht gerechnet. Die Agenten mussten sich erst mal verabschieden. Ole und Pelle mahnten zum Aufbruch. Sie durften auf gar keinen Fall zu spät nach Hause kommen, sonst war ihre Mission gefährdet. Fin und Holli winkten ihnen nach, als sie auf ihren Fahrrädern davonfuhren. Sie hatten vereinbart, sich am anderen Tag um 10.00 Uhr zu treffen.

Agenten und Künstler in Keitum

Am nächsten Morgen wachte Holli früh auf. Verschlafen sah sie aus dem Fenster. Die Möwen drehten kreisend ihre Runden am Himmel. Sie schob ihre Bettdecke weg und begrüßte Fiete. Der kleine Dackel lag noch ganz verschlafen in seinem Korb. Tante Birte hatte ihr erzählt, dass Fiete ein Langschläfer sei. Als Holli ihn so sah, musste sie ihrer Patentante Recht geben. Er drehte sich von rechts nach links, rieb mit seiner kleinen Pfote über die Augen, als wollte er den Schlaf vertreiben. Das sah so süß aus, dass Holli ganz versunken zusah.

Schließlich lief sie ins Bad, machte sich schnell fertig und ging dann leise mit Fiete die Treppe hinunter. Bäcker Fettich hatte schon die Brötchen gebracht. Die Tüte lag in der Küche. Sie nahm sich ein Brötchen und gab Fiete ein Leckerli. Dann gingen sie zum Watt hinunter. Holli wollte gerade am Strandkorb vorbeilaufen, als sie Fin darin sitzen sah.

„Was machst du denn hier schon so früh?“, fragte sie ihn erstaunt.

„Ich bin hier auf Beobachtungsposten, konnte nicht mehr schlafen“, antwortete er.

„Komm, lass uns zum Watt laufen“, sagte Holli, „die frische Luft macht munter“.

Sie teilte ihr Brötchen mit ihm und war froh nicht alleine zu sein. Das Wetter hatte sich verändert. Es sah nach einem Sturm aus. Holli und Fin schlenderten langsam voran.

„Wenn die Zwillinge nachher da sind, müssen wir einen Plan machen“, erklärte Holli Fin.

Der nickte nur, dann machten sie sich auf den Rückweg. Beide hatten plötzlich Hunger bekommen.

Ole und Pelle warteten schon an der Gartentür auf sie. Auch die Zwillinge waren heute früh dran, denn ihre Gedanken kreisten nur noch um die bevorstehende große Veranstaltung. Gemeinsam wurde erst mal gefrühstückt, dabei schauten sie unauffällig zu Felix von Herrenstein und seinem Freund.

Auf dem Weg zur Villa Sandkorn waren Ole und Pelle noch schnell am Juweliergeschäft von Barbara Buschmann vorbeigefahren. Der Aufbau war bereits im vollen Gange. Heute Morgen waren die Blumenkübel geliefert worden. Plötzlich zuckte Holli zusammen. Sie wollte gerade ihren Schreibblock holen, als sie den blauen Lieferwagen sah. Felix von Herrenstein und Walter Mir plauderten und schnackten mit dem Fahrer. Dann legte Felix von Herrenstein seinen Seesack in den Wagen und sein Freund seine schwarze Sporttasche.

„Potzblitz“, dachte Holli. „Jetzt geht es wirklich los!“

Sie rannte zu ihren Freunden und erzählte, was sie gerade gesehen hatte.

„Wir müssen jetzt handeln. Agenten Ole und Pelle, ihr müsst am Veranstaltungstag den Bootsmotor lahm legen, damit die beiden nicht mit ihrer Beute fliehen können. In der Zeit werden

Fin und ich die Programmhefte von Jan Pauli und Frau Buschmann auf den Sitzplätzen verteilen. Um diese Aufgabe habe ich vor zwei Tagen gebeten, mit der Begründung, dass wir unser Taschengeld aufbessern wollen. Bei dieser Gelegenheit können wir uns umsehen, ohne aufzufallen."

„Guter Einfall!", lobten die Zwillinge.

„Für heute Nachmittag ist noch ein Spezialauftrag geplant", sagt Holli weiter.

Fragend sahen sich alle an. Was kam jetzt?

„Ole und ich werden uns als Urlaubspärchen verkleiden, sozusagen als Mann und Frau. Wir werden Fiete mitnehmen, natürlich angeleint, denn nur so müssen auch wir überall mit hingehen, wo immer der Hund auch hin will.

„Tolle Idee, Holli", meint Fin, „aber wie willst du Gartenzwerg als Frau aussehen?" Es passte ihm nicht, dass seine kleine Freundin ausgerechnet Ole Fettich für die Rolle ihres Mannes ausgesucht hatte. Schließlich würde er viel besser in dieser Rolle aussehen. Immerhin war sie seine beste Freundin.

Holli verzieh Fin den „Gartenzwerg", sie wusste, dass er eifersüchtig war, aber das war jetzt Nebensache.

„Tante Birte hat die gleiche Schuhgröße wie ich. Ich werde mir ihre High Heels ausleihen", antwortete sie keck.

„Darauf wirst du nie laufen können, die sind bestimmt 7 cm hoch", sagte Fin.

„Deshalb werde ich auch heute Nachmittag schon mal üben und wenn ich damit laufen kann, bewerbe ich mich bei Heidi

Klum als nächstes Topmodel.“

Alle mussten lachen. Auch Fin stimmte mit ein. Immer hatte Holli eine passende Antwort parat.

Am anderen Tag waren alle Agenten auf ihrem Posten. Die Zwillinge hatten sich auf ihrem Boot im Munkmarscher Hafen versteckt und warteten auf eine gute Gelegenheit, das Boot für die Flucht von Felix von Herrenstein und Walter Mir lahmzulegen, so wie es ihr Auftrag war. Ihrem Vater hatten sie gesagt, sie wollten das Segelboot putzen. Freiwillige Putzarbeiten in den Ferien hätte der erstaunte Bäckermeister Fettich seinen Jungen gar nicht zugetraut.

Auch Opa Sandkorn und Kommissarin Mercedes Elend waren sehr aktiv an diesem Tag. Sie rannten geschäftig hin und her.

Als Oma Sandkorn die Tageszeitung aufschlug, sah sie eine große Anzeige von Frau Buschmann,

Heute: Große Juwelen- und Pelzmodenschau
von Jan Pauli und Barbara Buschmann.

Darunter stand ein Bericht über die Vorbereitungen und welche Gäste erwartet wurden. Oma Sandkorn konnte weiterlesen, dass viele bekannte Gesichter aus Wirtschaft, Film und Fernsehen angereist waren. „Promitrubel und Prosecco“ schrieb die Zeitung. Plötzlich starrte sie auf das Foto darunter und schüttelte den Kopf. Die jungen Leute von heute hatten keinen Geschmack. Die kleine Frau auf dem Foto trug ein rotes Blumenkleid mit einer lila Schärpe, dazu grüne High Heels, auf denen sie etwas ungelenk stolzierte. Auf ihrem Kopf thronte ein gelber Turban. Der Mann an ihrer Seite hatte eine karierte Hose an wie von einem Bäcker, dazu schwarze Lackschuhe und ein rotes Sakko. Um den Hals trug er einen rosafarbenen Schal und auf dem Kopf thronte ebenfalls ein gelber Turban. Gekrönt wurde das ganze „Outfit“ bei beiden noch von einer großen Sonnenbrille.

Dann fiel Oma Sandkorns Blick auf den kleinen Hund. Ein Dackel wie Fiete dachte sie. Nur trug dieser Vierbeiner einen Matrosenanzug.
Unter dem Foto stand:
Künstler in Keitum.

Letzte Vorbereitungen vor der Modenschau

Inzwischen hatten Holli und Fin die Programmhefte verteilt und Ole und Pelle das Fluchtboot von Felix von Herrenstein und Walter Mir seeuntüchtig gemacht. Sie trafen sich anschließend gemeinsam in Keitum. Ein letztes Mal checkten die vier den Vorplatz vor dem Juweliergeschäft. Dann fuhren sie zu ihrem Basislager, der Villa Sandkorn.

Die Show konnte beginnen. Heute Nacht würden die Zwillinge in dem Ferienhaus bei Holli und Fin übernachten. Darüber war Holli sehr froh. Auf die Körperkräfte der beiden konnten sie bei dem Einsatz nicht verzichten, davon war sie fest überzeugt.

Gestern hatte sie mit Ole in ihrer wunderschönen Verkleidung mit Turban, Sonnenbrille und unbequemen High Heels ausgekundschaftet, wie der Pelzraub stattfinden sollte: Über einen Zelttunnel wurden die Pelze zur Bühne gebracht und auf dem gleichen Weg zurück. Am Anfang und auch am Ende stand jeweils ein blauer Lieferwagen. In der Mitte lag der Eingang zu dem Juweliergeschäft, dort stellten sich auch die Models auf. An ihrem Arm oder auch am Hals glitzerten schon die Juwelen. So vorbereitet brauchten sie nur in den Pelz zu schlüpfen. Bei dem Gedanken bekam Holli eine Gänsehaut. Sie mussten mit aller Kraft den großen Raub verhindern.

Plötzlich sah sie wie Felix von Herrenstein auf den Parkplatz der Villa Sandkorn fuhr. Er stieg aber nicht aus seinem Sportwagen sondern aus einem Kombi.

„Hallo Felix, wo ist denn dein schickes Auto?“, fragte sie ihn.

„Der ist in der Werkstatt“, gab er zur Antwort, „ich habe einen Leihwagen bekommen.“

„Besser gut gefahren als schlecht gelaufen.“

„Richtig, richtig, die Insel ist doch größer als man denkt.“

Bester Laune und pfeifend ging er in das Haus. Schlagartig wurde Holli klar, dass der Sportwagen für den Pelztransport auch etwas zu klein gewesen wäre, deshalb also der Leihwagen. Die kleine Spürnase von Keitum hatte sein Spiel durchschaut.

Holli rieb sich die Hände: „Na warte Freundchen, dein Auto wird noch zur lahmen Ente.“

Nach einer Weile fuhr ein Taxi vor das Haus. Felix von Herrenstein tänzelte beschwingt vom Haus zum Auto. Die Adresse, die er dem Taxifahrer gab, war Keitum, Westerhörn. Da lag das Juweliergeschäft von Barbara Buschmann.

Schnell rannte Holli zu Ole und Pelle, die gerade ihr Zimmer bezogen.

„Los Jungs“, rief sie, „ich brauche eure Hilfe.“

Sie eilte in die Vorratskammer von Oma Sandkorn und holte einen Korb Äpfel.

„Was willst du damit?“, fragten die Zwillinge.

„Ganz einfach“, sagte Holli, „wir stopfen den Auspuff des Kombis mit Äpfeln voll.“

„Was soll das werden?“, die Jungs machten keine schlauen Gesichter.

„Ihr steht aber auch auf der Leitung. Der Wagen wird zur lahmen Ente und bekommt beim Start keinen Kick mehr, weil die Äpfel blockieren.“

Ole und Pelles erstaunte Gesichter sprachen Bände.

„Woher weißt du das?“, fragten sie wie aus einem Mund.

„Meine Oma hat erzählt, dass mein Vater das mal als kleiner Junge gemacht hat. Was damals ein toller Streich war, wird uns heute bei unserem Geheimauftrag helfen.“

Staunend sahen die Zwillinge Holli an.

„Wir müssen jetzt nur noch die Straße von Keitum nach Munkmarsch zur Einbahnstraße präparieren, damit unsere Räuber nicht ungehindert zu ihrem Boot kommen“, sagte sie.

„Und wie willst du das jetzt anstellen?“

„Auf dem Hof der Polizeistation liegen Verkehrsschilder. Ihr beide baut sie an der Hauptstraße auf.“, antwortete Holli.

Die Jungen schluckten. Hoffentlich sah sie niemand. Wie sollten sie sonst erklären, was sie mit den Schildern machten? Sollten sie auffliegen, würde ihr Vater sie bestimmt dazu verdonnern, auch noch die Gärten der Nachbarn zu harken und dort Unkraut zu jäten. Und dazu noch vier Wochen allerstrengstes „Strandverbot".

„Außerdem ist damit das Risiko geringer, dass die Diebe uns abhängen. Wenn die Veranstaltung zu Ende ist, haben wir bei einer Fahrspur so nur zähfließenden Verkehr."

Das klang für Ole und Pelle einleuchtend. Mitmachen wollten sie auf jeden Fall.

„Sollte der Kombi doch bis Munkmarsch durchkommen, können sie die Insel auf keinen Fall mit dem Boot verlassen, da das ja dank der Agenten Fettich fahruntüchtig ist."

Bis jetzt war Holli mit sich und ihren Agenten zufrieden. Hoffentlich ging alles gut!

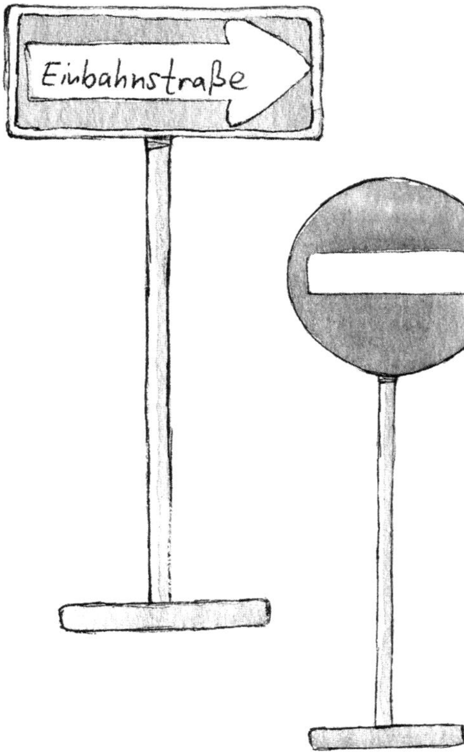

Der Geheimdienst greift ein

Planmäßig um 20.00 Uhr begann die große Veranstaltung. Jan Pauli stellte seine wunderschönen Pelzkreationen vor. Dazu funkelten die Juwelen aus dem Juweliergeschäft von Barbara Buschmann. In dem Scheinwerferlicht sah alles atemberaubend schön aus. Das Publikum war begeistert. Zum Abschluss der Show trug ein Model ein weißes Pelzcape mit einem Perlencollier. Die Zuschauer standen von ihren Plätzen auf und klatschten. Sie waren völlig aus dem Häuschen vor Begeisterung.

Das war der passende Moment für Felix von Herrenstein. Holli sah, wie er hastig hinter die Bühne ging und dort verschwand. Sie nahm ihr Handy und informierte Fin, der in der Villa Sandkorn wartete.

„Ich glaube, jetzt geht es los. Er ist gerade hinter der Bühne verschwunden. Was ist mit den Straßenschildern?“, fragte sie.

„Darüber brauchen wir uns keine Sorgen machen. Wir haben Glück gehabt. Hier ist schon alles einspurig geregelt, sogar mit einer kleinen Ampelanlage. Morgen soll hier die Straße aufgerissen werden, sagte mir einer der Bauarbeiter. Wir warten auf dich. Schwing dich auf dein Fahrrad und komm zurück!“

Holli schwang sich auf ihr Fahrrad und trat in die Pedalen.

Sie konnte den blauen Lieferwagen als fünftes Auto in der Schlange sehen. Mit ihrem Fahrrad fuhr sie an ihm vorbei. Komisch, es saß nur ein Mann im Auto. Wo waren Felix von Herrenstein und Walter Mir? Sollte sie sich doch getäuscht haben?

Mit einer scharfen Rechtsbremse kam sie auf dem Parkplatz der Villa Sandkorn zum Stehen, brachte ihr Rad flink in den Schuppen und lief zum Küchengarten.

Die anderen Agenten waren schon auf ihrem Posten. Ole und Pelle hatten sich als Vogelscheuchen getarnt und Fin saß im Apfelbaum, bewaffnet mit der Kamera von Tante Birte. Holli versteckte sich wieder in einer Regentonne. Da kannte sie sich ja mittlerweile aus.

Die gut getarnten Geheimagenten wurden langsam nervös. Endlich sahen sie Scheinwerfer näher kommen Der Motor wurde ausgestellt und der Wagen rollte leise aus. Ganz schön clever, dachte Holli, so ohne Motorgeräusch.

Ein Mann stieg aus und öffnete die Seitentür des Lieferwagens. Zum Vorschein kamen Felix von Herrenstein und Walter Mir. Felix von Herrenstein klappte die Heckklappe des Kombis, den er am Abend vor der Villa Sandkorn abgestellt hatte, auf und setzte sich ans Steuer. Walter Mir und der Fahrer des Lieferwagens luden die Pelze in den Kombi. Dann startete Felix von Herrenstein den Wagen, aber nichts tat sich. Dank der Äpfel im Auspuff war nur ein abgebrochenes Husten zu hören.

Fluchend begannen die Männer die Pelze aus dem Kombi wieder in den Lieferwagen zu stopfen. Inzwischen machte Fin von dem Spektakel Fotos. Bis jetzt lief alles nach Plan!

Dann sprangen die drei Männer in den Lieferwagen. Der Fahrer startete den Motor, als Holli plötzlich mit Fiete in sein Scheinwerferlicht trat.

„Was machst du da? Ich hätte dich fast umgefahren“, schrie er sie an.

„Der Hund muss noch mal Gassi. Bin schon weg.“

Ole und Pelle waren in Windeseile da. Sie befestigten eine lange Blechdosenschlange an der Stoßstange. Dann huschten sie wieder zurück in den Garten. Der Mann hatte zwar ein Geräusch gehört, aber als er in den Rückspiegel schaute, war niemand zu entdecken. Auf dem feinen Kiesweg war von den Dosen noch nichts zu hören. Aber als er auf die Straße fuhr, schepperte es gewaltig. Erschrocken über den Lärm riefen Felix von Herrenstein und Walter Mir von der Ladefläche: „Gib Gas! Wir haben keine Zeit.“

Die Geheimagenten benachrichtigten über Hollis Handy die Polizei. Dann fuhren sie mit ihren Fahrrädern auf dem kürzesten Weg nach Munkmarsch. Am Hafen versteckten sie sich auf dem Boot der Fettichs. Mit dem Fernrohr konnten sie alles beobachten. Die Gauner waren gerade dabei, ihr Schiff, die „Koralle“, zu beladen, als plötzlich ein riesiger Lichtkegel den Hafen in Tageslicht tauchte. Aus einem Lautsprecher erklang eine Stimme: „Hier spricht die Polizei. Sie haben keine Chance den Hafen zu verlassen. Alles ist abgeriegelt.“ Es war die Stimme von Opa Sandkorn, die das gesamte Hafenbecken übertönte.

Die Agenten sahen, wie Felix von Herrenstein den Bootsmotor starten wollte, aber nichts tat sich. Sie stimmten einen Jubelschrei an. Alles war so gekommen, wie sie es sich gedacht hatten. Die Männer wurden verhaftet und die Pelze sichergestellt. Der Fall war gelöst!

Als Opa Sandkorn seine Enkelin Holli in die Arme schloss, war er erleichtert und auch stolz auf seine „Große“. Gemeinsam fuhren die Kinder mit Polizeihauptmeister Sandkorn und Mercedes Elend, der Kommissarin, nach Hause. Oma Sandkorn hatte schon eine Flasche Sekt geöffnet, für die Agenten Limonade eingegossen und Friesenplätzchen bereit gestellt. Nach dieser Aufregung konnte natürlich noch niemand schlafen. Ein richtiges Abenteuer! Spannender als Holli es jemals gedacht hatte.

Es stellte sich heraus, dass Kommissarin Elend mit ihrer Ahnung Recht behalten hatte, als sie den Fahrer des Lieferwagens das erste Mal gesehen hatte. Sie hatte sich sofort mit ihrer Dienststelle in Kiel in Verbindung gesetzt und erfahren, dass es sich um einen mehrfach vorbestraften Dieb handelte, der immer mit zwei Komplizen zusammengearbeitet hatte. Diese waren der Polizei aber nie ins Netz gegangen. Opa Sandkorn und sie hatten sofort vermutet, dass es sich bei Felix von Herrenstein und Walter Mir um diese Komplizen handeln könnte. Sie wollten das Trio auf frischer Tat ertappen. Zusammen mit Opas Polizeimannschaft hatten sie einen Plan gemacht. Sie alle konnten ja nicht ahnen, dass die Kinder auf derselben Spur waren.

Nachdem Opa Sandkorn den Wirbel um die Flaschenpost ausgelöst hatte und Florian Flink sich mit einem Satz verraten hatte, waren sie in schweren Nöten. Die Kinder sollten ja nicht gefährdet werden. Am Ende war aber alles doch noch gut ausgegangen.

Opa Sandkorns Geständnis

Hollis Eltern, die wieder von ihrem Ärztekongress aus Hamburg zurück waren, meinten, man könne sie nicht alleine lassen, schon würden die Mäuse auf dem Tisch tanzen.

Alle lachten, doch dann sagte Opa Sandkorn: „Moment mal, das hätte ich fast vergessen. Beim Stichwort Mäuse möchte noch etwas sagen. Die Flaschenpost habe ich geschrieben. Die Kinder wünschten sich so sehr ein „Geheimdienst-Ferienabenteuer". Wer konnte denn ahnen, dass es gleich ein riesiger Polizeieinsatz wird? Der Text meiner Flaschenpost hatte einen ganz anderen Hintergrund. Da Birte nach ihren Ferien wieder mit Fiete abreist und Holli ganz bestimmt traurig sein würde, dachte ich mir nämlich, es wäre schön, ein kleines Tier im Haus zu haben."

Erwartungsvoll sahen ihn alle an, besonders Holli. Es war richtig spannend.

Opa Sandkorn ging in die Küche und kam mit einem Körbchen zurück.

Er setzte es vor Holli ab und sagte: „Die Beleuchtung ist heute besonders schön, die Mieze ist geliefert. Paulchen, das ist der Kater, hatte keine Ahnung, dass er Vater eines so niedlichen Kätzchens geworden ist und Blacky, die Mutter, hat ein besonders schönes Fell. Wer konnte denn ahnen, dass ihr bei „Paulchen“ auf Herrn Pauli, den Pelzpapst kommt, und bei „Fell“ auf seine Pelzmäntel schließt.“

Alle mussten lachen und sahen auf das kleine niedliche Fellbündel im Korb.

Das kleine Katzenkind schnurrte behaglich in seinem Körbchen und räkelte sich. Holli streckte ihre Hand aus und streichelte es behutsam über den Kopf. Ein wohliges Miau gab ihr das Kätzchen zur Antwort. Glücklich sah Holli Opa Sandkorn an und strahlte.

„Opa, ist die Mieze eine Katze oder ein Kater?“

„Es ist ein Kater, meine Liebe, und der Junge hat noch keinen Namen.“

„Wie willst du ihn nennen?“, fragte Fin seine Freundin.

„Ganz einfach“, sagte Holli wie aus der Pistole geschossen, „er soll James Bond heißen!“

Hollis Vater, Wendelin Sandkorn, sah seine Frau Hanna an und flüsterte ihr zu: „Hoffentlich hat James Bond keinen Geheimauftrag!“

Für heute verabschieden sich
Holli und ihre Freunde von Euch.

Weitere Holli Sandkorn-Abenteuer folgen.

Inhaltsverzeichnis

Bibliografische Information der Deutschen Nationalbibliothek:
Die Deutsche Nationalbibliothek verzeichnet diese Publikation
in der Deutschen Nationalbibliografie; detaillierte bibliografische
Daten sind im Internet unter http://dnb.d-nb.de abrufbar.

www.syltkultur-medienverlag.de

Printed in Germany
ISBN: 978-3-9811861-7-8